名家名篇

真

高淑霞　著

百花洲文艺出版社
BAIHUAZHOU LITERATURE AND ART PRESS

图书在版编目（CIP）数据

真相 / 高淑霞著 .— 南昌：百花洲文艺出版社，2019.10

ISBN 978-7-5500-3383-2

Ⅰ．①真… Ⅱ．①高… Ⅲ．①长篇小说－中国－当代 Ⅳ．① I247.5

中国版本图书馆 CIP 数据核字（2019）第 203096 号

真相

ZHEN XIANG

高淑霞　著

总 策 划　伍　英
策划编辑　飞　鸟
责任编辑　杨　旭　聂　月
封面设计　辰麦通太设计部
出版发行　百花洲文艺出版社
社　　址　南昌市红谷滩新区世贸路 898 号博能中心 A 座 20 楼
邮政编码　330038
经　　销　全国新华书店
印　　刷　永清县晔盛亚胶印有限公司
开　　本　710mm × 1000mm　1/16
印　　张　14.75
版　　次　2020 年 9 月第 1 版　2020 年 9 月第 1 次印刷
字　　数　182 千字
书　　号　ISBN　978-7-5500-3383-2
定　　价　58.00 元

赣版权登字 05-2019-238

邮购联系 0791-86895108
网址 http://www.bhzwy.com
图书若有印装错误，影响阅读，可向承印厂联系调换。

内容简介

17 年前鲍平建被哥们儿蒋毅陷害入狱，入狱两月后女友叶溪和蒋毅结婚，1 年后蒋毅升任科长；9 年前鲍平建出狱找蒋毅报仇，得知蒋毅早已辞职去了深圳；如今鲍平建事业有成，找到蒋毅家报仇时，蒋毅已经死了。

鲍平建愤怒憋气独自喝酒。酒醉后把秘书姚燕彦当作叶溪拥入怀中。自此他陷入了姚燕彦的圈套，在两个女人的感情中徘徊挣扎。

曹伟利纠缠叶溪时被姚燕彦的情人溪澜饭店工程部经理杨展撞见，杨展解救了叶溪，再次相遇后二人成了好朋友。

左茜把拍到的叶溪和杨展喝酒的图片发给姚燕彦，姚燕彦请杨展喝酒，趁机套出叶溪被曹伟利强暴过的秘密。

一场大火让鲍平建发现自己陷入了一个阴谋，从而暗中追查，真相让他震惊——17 年前叶溪怀了他的骨肉，真正的仇人原来是胆小猥琐从小跟在他屁股后面跑的小催巴儿曹伟利。

姚燕彦远走他乡，鲍平建与儿子相认，又传来曹伟利跳楼自杀的消息。鲍平建和叶溪将如何面对眼前的一切？其他人又会如何自处……

这是一部关于复仇、感恩和救赎的小说。小说在揭示人性的自卑、嫉恨、狡诈的同时更多地描写了人性的善良、自省和宽容。正如书中男主角所说：“查找真相的过程让我们看清了过去的自己，让我们知道了以后应该怎样活着，用爱去弥补所犯的亏欠。”

人物介绍

鲍平建——溪澜宾馆董事长，总经理，42 岁，硬朗帅气，性格坚毅沉稳，戒备心强。17 年前被朋友出卖入狱；17 年后找到仇人家，得知仇人已死，愤怒憋气独自喝酒。酒醉后把秘书姚燕彦当作叶溪拥入怀中。自此他陷入了姚燕彦的圈套，在两个女人的感情中游离挣扎。后来发觉自己陷入3 了一个阴谋，暗中调查后发现了真相。

叶溪——鲍平建前女友，蒋毅遗孀，蒋博母亲，杨展的异性朋友，42 岁，清傲淡然，表面柔弱内心坚强，鲍平建入狱后发现自己怀孕，被曹强暴后与蒋毅结婚，生下儿子蒋博，一年后全家去深圳发展，蒋毅死后携子回京。

蒋毅——叶溪丈夫，白面书生，善良隐忍，41 岁，电机厂保卫科干事，后升为科长。17 年前通过曹伟利认识了鲍平建并成为哥们儿，鲍平建入狱后深感内疚和困惑，在河边沉思时，救了跳水自杀的叶溪，得知叶溪苦衷后与其结婚。后辞职带着妻儿到深圳发展，在深圳得了肝癌，带着遗憾离世。

曹伟利——42 岁，鲍平建从小一块长大的哥们儿，17 年前保卫科职工，后来下岗拉黑车，矮小阴郁，嫉妒心极强，近似疯狂，因矮小胆怯从小受人欺辱，跟在鲍平建屁股后面做催巴儿。由于嫉恨，设计陷害鲍平建入狱并嫁祸于蒋毅，后又强奸了叶溪，并拍下照片恐吓她。叶溪回京后曹伟利怕以前的事情暴露继续恐吓叶溪时被姚燕彦发现，在姚燕彦的要挟下设计污蔑叶溪，最后留下一封信自杀而死。

姚雁彦——29岁，鲍平建秘书，女朋友，杨展的情人。表面淡雅、沉静，内心躁动不安、渴望富贵，有心计，大学中文系毕业，北漂。在鲍平建酒醉时迷惑鲍平建发生关系，为达到和鲍平建结婚的目的耍尽手腕，最后心灰意冷远走他乡。

杨展——36岁，溪澜宾馆工程部经理，爽直善良，重情义，容易冲动。姚雁彦的情人，叶溪的朋友。有妻儿却对姚燕彦用情深重，为了养姚燕彦不惜吃回扣，陷入其中不能自拔。

左茜——姚燕彦闺密，溪澜宾馆市场部经理，爽快、时尚。

蒋博——叶溪儿子，高中生。

鲍父——鲍平建父亲。

曹父——曹伟利父亲。

郭老板——昌茂公司老板。

季会计——昌茂公司会计。

顾磊——姚燕彦前男友。

韦晓嫚——曹伟利媳妇。

畅畅——曹伟利女儿。

彭大仙——民营医院院长，鲍平建在狱中结交的哥们儿。

闻燕萍——民营医院副院长，彭大仙老婆。

鲍平康——小名二平，4S店总经理，鲍平建弟弟。

希希——鲍平康的独生女。

韩娟——杨展老婆。

杨聪聪——杨展儿子。

田智斌——溪澜宾馆工程部水暖主管。

苟主管——溪澜宾馆工程部电器主管。

林义辉——溪澜宾馆客房部经理。

周鹏——溪澜宾馆安保部经理。

方芳——溪澜宾人事资源部经理。

覃副总——溪澜宾馆副总经理。

胡瓜瓜——溪澜宾馆餐饮部经理。

古粉宁——溪澜宾馆总经理办公室职员，姚燕彦同事。

老马——溪澜宾馆采购部主管。

老刘——枫栌香郡鲍平建别墅管家。

李怡冰——溪澜宾馆餐饮部副经理。

小周——溪澜宾馆中餐厅赵大厨的徒弟。

小凤——鲍平建父亲家的保姆。

王姐——大华建材城销售员，叶溪同事。

小袁——大华建材城销售员，叶溪同事。

蒋鑫——蒋毅侄子。

蒋丽——蒋毅侄女。

人啊，从我们呱呱坠地的那一刻起便被贪婪、怨恨、嫉妒等等人性的丑恶缠绕。当我们历尽煎熬，摆脱纠缠，拥有了爱与宽容，才发现我们已经失去了很多，包括那些曾经熟悉的生命。还好，命运之神并不残酷，还留给我们弥补的机会。

——题记

第一章

一

谁也无法预料下一刻会发生什么……

鲍平建敲门的那一刻心里燃烧着火，火苗在他跨进门时蹿跃了一下，又回到了原来的势态。这一点连他都很奇怪，不对啊，怎么会这样？是屋里昏暗的光线，还是那破旧的陈设，还是那种曾经熟悉的气味？鲍平建突然感到，这屋子一直藏在他心底，藏得很深。鲍平建的手抖了一下，随即把手背到腰后，十指紧扣，开始在屋里巡视。

鲍平建开始焦躁，怎么回事？转了一圈，这屋子里竟没有一点仇人的迹象，“衣服，用具，还有照片。”鲍平建随手拿起摆放在写字台上的相框。相框中镶嵌着一张母子照。鲍平建的眼光只在女人身上停留片刻，便落到倚在女人身边的男孩脸上。

男孩大概七八岁，有点顽皮地笑着。鲍平建鹰似的眼睛狠狠地盯着男孩：“这是仇人的儿子，身上留着仇人的骨血，那就该印着仇人的模样！”17 年了，鲍平建熬了 17 年，他那个被仇恨烟熏火燎了 17 年的胸膛已经变成了一个火场，烈焰熊熊。

鲍平建没有在男孩脸上找到他想找到的，有些失落：“不会呀，这孩子怎会长成这样？长成这样怎么能让自己恨得起来！”鲍平建脸上爬上一丝温柔，瞬间温柔就变成恼怒。他恨自己：“长得不像也是仇人的儿子！恨不起来？太可笑了！为什么还有些喜欢？唉！”鲍平建不由得哀叹一声。

“他死了！”侧身对着鲍平建，低头坐在阴影里的叶溪，眼睛瞧着脚尖说。

“死了？”鲍平建奔过去，躬身侧头盯着叶溪问，“蒋毅死了？”

叶溪抬起头，望向窗外，幽幽地说：“是的，两年前他得了肝癌，花光了钱财，受尽了罪，走了。”

鲍平建眼前一黑，晃了一下，往地上栽去，但他瞬间稳住身体，只侧歪了两下便站稳了。鲍平建就那么站着，像一座雕像，腰背有些弯曲，两手捧在胸前，像接捧着从胸口冲出的碎片——支撑着他挺直腰身走到今天的那根支柱砰然崩裂地破碎。可那些碎片没有冲出，而是碰撞聚集后堵在胸口，使他透不过气来。

“我知道你会来，会来报仇。”叶溪转过头，泪眼迷蒙地看着鲍平建说，“建哥，要是报仇能让你好受些，你就找我吧！”

“找你？一个女人！”鲍平建盯着叶溪，脸色铁青，面孔扭曲，艰难地挺直身子，转身向门口走去。

二

鲍平建出了叶溪家，直奔“春再来”酒馆。

鲍平建走到酒馆的大玻璃窗前站住了，扭身扫视这条街。这里变化很大，高楼林立，霓虹灯闪烁，光饭店酒馆就多了数家，一家比一家气派。

鲍平建对这里太熟悉了，17 年前这里是一条南北贯穿的马路，马路两旁散落着几家店铺，酒馆、发廊、商店、照相馆、洗衣店、打字复印社，每家店都开门营业，每家店都冷冷清清，半死不活。两旁店铺的后面是两个小区。路西是区教工家属院——七栋红色五层砖楼，由北向南依次排列，叶溪家就住在 3 号楼；路东是电机厂家属宿舍——高矮不齐，样式各异，破烂不堪的一片平房，他家就住在 12 排 5 号，2002 年电机厂住房改造，推掉平房盖起了 9 栋 16 层塔楼，现在他父亲和弟弟二平一家住在那里。

鲍平建回过身抬头看了看酒馆房顶高悬的匾额，“春再来酒馆”五个大字红光四射，轻叹一声：“哎，春再来！春再来还在，人已经……”疾走两步，进入酒馆。

“三瓶扎啤，一盘拍黄瓜，一盘肘花，一盘炸花生米，”话一出口，鲍平建一惊，随即改口，“四瓶青啤，一盘酱牛肉，一盘肚丝，一盘炒芥蓝。”他在较劲，在跟自己较劲，拼命地想摆脱那些旧日的嵌进心底的印迹。

“好的，四瓶青啤，一盘酱牛肉，一盘……”穿黑色衣裤的服务生疑惑地看了鲍平建一眼，唱歌似的报着菜单向吧台走去。

两瓶啤酒下肚，鲍平建才感到堵在心口的那个硬块终于裂开道缝。他伸手抹搓下胸口，打了一个嗝，吐出一口怨气。

怨谁哪？是怨17年前不该和叶溪恋爱；还是怨蒋毅心毒手黑；或是怨叶溪太漂亮了，因为她漂亮蒋毅才设了那个圈套。漂亮有罪吗？有罪的是蒋毅，可蒋毅已经死了。死了！就这么轻松？ 17年的煎熬，那掰着手指头一秒钟一秒钟挨过的挖心的痛，就这么完结了！

鲍平建开始战栗，举杯的手哆哆嗦嗦，酒水漾出杯口，洒了一手。他有些恼火，这是怎么了？以前和蒋毅喝时，一瓶二锅头两人对干，喝完白的上啤的，最后，蒋毅醉得不省人事，被他背着送回家。

就是那个夜晚，就在这里，他和蒋毅边喝边聊。他向蒋毅诉苦，说他和父母弟弟一家四口挤住在一间半平房里，想和叶溪结婚连住的地方都没有。

蒋毅说："活人不能让尿憋死，你们料场那堆废旧钢材木料闲着也没用，哪天你晚上值班，拉一车回家，在大屋前面接出一间，不就有地方住了！"

他问："行吗？"

蒋毅说："怎么不行，那些破烂没数，风吹雨打都快烂霉了，你拉走点，也算造福群众！"蒋毅右手四指敲着桌面说："哥，你看这样……"

他和蒋毅是哥们儿，俩人都在电机厂上班。蒋毅是保卫科干事，他在料场开车。他信蒋毅。可就在他拉着一车废钢材木料从料场后门出去时，却被蒋毅带着保安大队的人逮住了，废料下面竟藏着一堆铜排。

监守自盗，他被判了十年。他入狱后两个月蒋毅娶了叶溪，一年后蒋毅提升科长。

"报仇！今生活着的目的就是报仇！"为了这个信念他在监狱努力改造，由于表现好减刑两年。在那些难熬的岁月，他把一本《基督山伯爵》翻烂了边。他要效仿法国那个有名的复仇故事。

他一出狱就去找蒋毅，但没找到。曹伟利说："蒋毅怕你出狱后报仇，5年前就辞职下海到深圳发财去了，蒋毅在深圳开了家公司，买卖做得红火！还买了轿车，带着叶溪、儿子，住在别墅里！”

他是一个聪明人，只对曹伟利淡淡一笑，心里却在波涛翻涌，万剑穿刺。

他没有满世界地寻找蒋毅报仇，“找到又怎样，这副凄惨落魄的样子，只能让仇人嘲笑！”他把仇恨埋在心底，找了一份汽车维修工的工作，没日没夜地干。如今他有了自己的公司，开了一家4S店，一家饭店。可当他有钱辉煌了，找到蒋毅家时，蒋毅却死了。

遗憾，多么大的遗憾！这遗憾让支撑着他走过17年的信念轰然倒塌，眼前漆黑一片，没了活下去的目的。

鲍平建抓起酒杯，一饮而尽，眼角溢出几滴泪水。

“叶溪！”鲍平建艰难地吐出这两个字。他想不明白，这个至今想起还让他心痛的女人，为什么也会背叛他？他是那么爱她，爱的……

鲍平建抖了一下，一种凄凉从心中擦过，他好像突然明白了，自己还那么爱叶溪。自己那么想报仇，那么想活出个人样后，风光辉煌地找到蒋毅复仇，多半是因为叶溪，是想让叶溪看到他没有倒下！

鲍平建再次把酒杯倒满，一饮而尽，泪水流了满面。

“溪溪！”鲍平建轻唤一声，手伸向对面，他什么也没抓住，对面只是一把空座椅。

17年前，鲍平建和叶溪经常到这里吃饭，叶溪就坐在那把椅子上，边吃边和他聊天。当然，有时候这里还坐着三个男人——蒋毅、曹伟利和他。

“再来一瓶！”鲍平建把酒杯倒满，冲服务生摇摇手中的酒瓶喊。

蒋毅？蒋毅是曹伟利介绍认识的。鲍平建陷入了回忆……

鲍平建从小身体好，性格倔强，由于他聪明仗义，敢扛事，身边总围着一帮朋友，岁数不分上下，大家都叫他建哥。

曹伟利是鲍平建的邻居，光着屁股一块长大的伙伴。曹伟利和鲍平建同岁，家中兄妹三人，他是老小。所以很得父母溺爱，高中毕业后他父亲托人给他找了在电机厂保卫科上班的工作。

鲍平建看不起曹伟利，不只是因为曹伟利个子矮小，长了张太监的脸，主要是他蔫里吧唧，眼睛总斜着瞟人，不阴不阳地常给别人上眼药。但曹伟利从小跟在他屁股后面跑，鞍前马后地伺候，还算听话。随着伙伴们长大，上大学的上大学，工作的工作，朋友们就渐渐散了，只有曹伟利还跟着他。

叶溪是他们的高中同学，长得文静，漂亮，学习也好。说不清是什么时候，叶溪也进入了鲍平建的朋友圈，蹦迪，滑冰，喝酒，聊天。又说不清什么时候叶溪成了鲍平建的女朋友。

鲍平建和叶溪在“春再来”喝酒聊天时，经常带着曹伟利。曹伟利不在乎做电灯泡，端茶倒酒，拉椅子，拎包，曹伟利连叶溪一起伺候。可能是大家相处太久，关系自然形成吧，谁也没觉得别扭。鲍平建后来在狱中想起这些时，虽然觉得有些奇怪，但一想曹伟利那小催巴儿，粘在他身后惯了，可以理解。

蒋毅比鲍平建小一岁，蒋毅是浙江人，家不在本市，大学毕业后分到电机厂保卫科当干事——每天写写画画。蒋毅住员工宿舍，跟鲍平建认识后，晚上没事就经常找他们玩，仨人一起喝酒聊天。

鲍平建喜欢蒋毅，觉得他虽然文弱但真诚坦荡，很有思想。便经常单独约蒋毅喝酒——不叫曹伟利是因为鲍平建感到曹伟利越来越阴郁，小眼睛后面好像藏着些东西，“藏着什么哪？管他干吗！”鲍平建懒得想。

鲍平建后来在狱中分析自己当时那么欣赏蒋毅的原因时觉得，主要是他想在蒋毅身上寻觅上过大学的印痕——那种在文化殿堂熏染过的学子气质。因为他与大学校园失之交臂只差六分，因而被叶溪父母看不起，被叶溪妈妈说成他唆使叶溪逃课在家里鬼混，耽误了学习。

是啊，那个时候他和叶溪经常趁叶溪父母上班时，偷着从学校跑回叶溪家。他对那间屋子以及那屋里气味的记忆至今难忘。也可能正如叶溪妈妈所说，他们的恋爱耽误了学习，致使他和叶溪都没考上大学。叶溪通过父亲安排到一所幼儿园当老师；他接了妈妈的班进了电机厂当司机。

那时候他们真年轻啊，只顾相爱，什么都不在乎。即使他只是个司机，叶溪照样爱他，叶溪父母也只好同意。如果他不鬼迷心窍听了蒋毅的话去拉那车废料，他和叶溪就会像天下所有的恋人一样，结婚，生子，过着平淡而幸福的生活。可他竟……

鲍平建想到此笑了，一种自嘲而凄惨的笑，让他的面容越发冷峻阴沉，他拿起酒瓶，往桌上的酒杯倒。

鲍平建盯着酒杯中膨胀的泡沫一点点溢出杯口，念叨："蒋毅，蒋毅死了，债也让他带进了坟墓，难道你还能到坟墓中去，找他复仇？唉……"

鲍平建端起酒杯一口喝光，掏出两张一百元钞票放到桌子上，高喊："老板，结账！"起身走出酒馆。

三

鲍平建走出酒馆，拐进西面的街口，朝叶溪家住的小区走去。

鲍平建的奔驰 C200 就停在叶溪家楼下。鲍平建来到叶溪家楼下，抬头望望三楼昏暗的窗口，走到奔驰 C200 旁，靠着车门掏出根烟点着，慢慢吸起来。

“叶溪！叶溪老了，尽管仍然美丽，但岁月的艰难像刀削斧刻般嵌在她的脸上。”鲍平建脸上现出怜惜，把抽了半截的烟扔掉地上，伸脚碾灭，掏出手机给秘书姚雁彦打了一个电话。打完电话他又发了条微信给姚雁彦，然后收起手机朝叶溪家楼门走去。

鲍平建再次敲开叶溪家门时，叶溪没有惊慌。她平静地看着鲍平建说：“进来坐吧！”

“溪溪，”鲍平建轻唤一声，心底泛起一股酸楚，“不了！”鲍平建用力压下心底的波澜，从包里掏出几沓钞票塞给叶溪说：“好好活着！”转身朝楼下走去。

“你……”话刚出口，叶溪闭了嘴。她望着鲍平建下楼的背影想，罢了，喊住他又有什么用，有些事是无法说清的。

鲍平建靠在车门等了半支烟的工夫，姚雁彦从侧面走了过来。“鲍总，让您久等了。”姚雁彦笑着道歉。

“嗯，没事，正好呼吸一下新鲜空气。”鲍平建放下抱在胸前的手说，“怎么，不好找吧？”说着拉开车门坐进副驾座。

姚雁彦扶着车门侧身探头说：“可不，多亏了您那条微信地址发得准确……”

鲍平建点下头说：“好，我们走吧！”

姚雁彦开车驶出小区，右拐上了大路。

这是一条没设隔离带的两车道马路，上下班时间有些拥堵。现在是晚上八九点钟光景，虽然路上车辆川流不息，但很顺畅。

车厢里弥漫的酒气让姚雁彦微蹙眉头，她用眼角的余光扫视着鲍平建。鲍平建双手抱在胸前，眼睛微闭，仰靠在座位上，好像在想心事。

姚雁彦很聪明，很快断定出，鲍平建一定是受到什么刺激了，否则他不会这么情绪不稳。姚雁彦是见过世面的，多年的北漂生活让她历尽风雨，增长了识人断事的能力，更何况她对鲍平建下足了功夫。

姚雁彦9个月前做了鲍平建秘书，之前她是溪澜宾馆前厅部的主管。她刚当鲍平建秘书时用心去了解鲍平建是为了端稳这个金饭碗。这个饭碗薪水高、让很多女孩羡慕是其次，关键是可以陪着鲍平建各处应酬，结识一些有头有脸的人物，借机谋求更高的发展，才是她最在乎的。

鲍平建42岁，没婚史，没子女，名下有一家4S店和一家4星级宾馆，五环外有一幢别墅；鲍平建平日住在溪澜宾馆8017房间，8018房间是他办公室；鲍平建每天晨跑5公里，没其他爱好；鲍平建不爱说话，性格坚毅，做事沉稳等等，姚雁彦用了不到一个月的工夫就摸得一清二楚了。然而随着时间的推移姚雁彦迷惑了，鲍平建并不像她曾经遇到的那些男人。鲍平建是独特的，独特到让她着迷。鲍平建冷峻硬朗的躯壳有时会闪过一丝柔软和惊忧，但只是一闪，瞬间便被冰山似的冷硬稀释了。还有鲍平建的眼睛，那么深邃，深邃里隐含着忧郁。这一切都让姚雁彦着迷，让她想急切地探寻那个躯壳里面隐藏着怎样一颗魂灵。

姚雁彦已经28岁，见过蝶飞，看过燕舞，早像秋日里风中的花蕊，知道怎样摇曳便会吸引蜜蜂追随。可让姚雁彦失望的是，不管她怎么摇曳，鲍平建这只蜜蜂都视而不见。姚雁彦甚至怀疑，鲍平建没有那个功能，或者是个禁欲主义者。姚雁彦很痛苦，痛苦于无法抑制对鲍平建的迷恋。

在姚雁彦的记忆中，鲍平建有十多次独自在外面喝酒，喝完酒打电话叫她去开车。但这次和往次不同，这次鲍平建的状态怪怪的，尽管他极力掩饰。

“往右拐，从西门进去。”鲍平建的话让姚雁彦一惊，她忙打轮，车驶入便道。

姚雁彦预感到要有事情发生。

往日鲍平建傍晚喝酒回来，车都是从溪澜宾馆正门驶入庭院，鲍平建从宾馆主楼正门进入大堂，在大堂溜达一圈，然后从左侧旋梯上到二楼，在二楼几个餐厅、包间转转，再从旋梯上到三楼，巡视一下三楼的多功能厅，游泳池，会议室等，再绕到消防梯，从消防梯走到八楼。除非遇到急事，需要马上到8018办公室处理，车才会从西门进入宾馆。

车在树影婆娑的便道上行驶了三分钟，进入溪澜宾馆西门。姚雁彦看了一眼鲍平建，鲍平建没吱声，她便开车绕过喷泉花园直接把车停在宾馆主楼后门。

车停住，鲍平建开门下车，扶着车门愣了一会儿，回头对姚雁彦说："叫后厨炒两个菜送到8017，我想喝两杯。"

"好！"姚雁彦回答，嘴角爬上笑意，暗想："好啊，那就喝个一醉方休吧！"

四

鲍平建醒来时发现姚雁彦一丝不挂地躺在身边，愣了一会儿，似乎明白了什么。他顺手撤了被单盖到姚雁彦身上，急忙下床，穿衣，离开8017房间。

鲍平建坐在8018办公室的沙发上，吸着烟，仔细追忆昨晚发生的一切。

昨晚他独自坐电梯上了八层，进入8017房间，倒进沙发吸了两支烟，正在他举着打火机想点燃第三支烟时，响起敲门声，他扔掉打火机去开门……两个女服务员送完酒菜便走了……

昨晚他是一个人独饮，一个人对着假想的坐在对面的叶溪倾诉。这是他的方式，17 年来他靠着这种方式度过了许多不眠之夜。昨夜他喝得痛快，说得更痛快，他无所顾忌地倾诉，把压抑了 17 年的爱恨恣意泼洒。那一刻他似乎真的见到了叶溪，看到她流泪，被她拥入怀中……

鲍平建一根接一根吸烟，紧皱眉头回想，可他怎么也想不起来姚雁彦是怎么躺倒自己床上的。他不是傻瓜，姚雁彦对他有意，他清楚。当今这样的社会，像他这样的钻石王老五是很多女孩梦寐以求的对象，投怀送抱是经常的事。姚雁彦与那些女孩相比，知性、恬静。倘若他想要女人，姚雁彦应该算首选。但他不想粘女人，刻骨的仇没报，他怎能放纵自己。

昨天之前，鲍平建一直以为，他不近女色是像越王勾践悬梁刺股一样——为了报仇。可昨天当他再次见到叶溪并从她嘴里听到蒋毅死了以后，他便明白，17 年来，叶溪一直藏在他心里。

“一个人的心才多大，已经住进了一个人，哪能再存放得下另一个人呢！”鲍平建感叹着，他知道自己接纳不了姚雁彦，可又怎么办呢?事实已经形成，不管是他酒后乱性，还是姚雁彦早有企图，乘虚而入，作为一个男人，他应该负责任。

闭眼躺在 8017 房间床上的姚雁彦听到鲍平建关门离去的声音才睁开眼睛，漂亮的眼珠转了一圈，笑了。其实姚雁彦在晨光从窗帘缝隙钻进屋内的那一刻就醒了，但她一直装睡。她要等鲍平建先醒，发现一切，然后……

一切都是姚雁彦设想好的，当昨晚鲍平建下车后又回头说出那句“叫后厨炒两个菜送到 8017，我想喝两杯。”她答应完“好！”时，便电闪雷鸣般有了一个闪念，那闪念叫她兴奋、战栗，于是她抓住那个闪念，迅速稳定情绪，开始设计安排一切。她把车停到地下一层车库，坐在车里给餐饮部值班主管打了一个电话，便回到负二层自己那间小休息室。休息室不大但很干净。按她的级别，在这桩大楼里能有一间独立的休息室，不可能。拥有这间房管理权的人是看重她董事长秘书的身份，才在她刚开口提出时就痛快地答应道："行，我知道您很忙，上面的办公室人来人往太乱，您需要一个安静的地方休息，您放心吧，我不会张扬的。"

沐浴，更衣，化妆……姚雁彦在小休息室里准备完一切，便拎着那只随身携带的紫色皮包去了 8 楼。

姚雁彦在8层电梯厅站了一会儿走入楼道，这是一个扁U字型楼道，电梯厅在扁 U 字型底部中间位置；22 间客房，两边各六间，中间 10 间，门牌号从左向右依次排序。

那时楼道很安静，每间房门都关着，门把手上免打扰白色提示牌在楼道顶百叶窗口吹出的清风中轻微摆动，橙红色地毯上的大朵金黄色牡丹花图案，被暖色筒灯和壁灯投下的光耀渲染得越发富贵辉煌。

姚雁彦走到 8017 房间门口，停下脚步站在门外侧头听了一会儿，脸上掠过一丝不易觉察的微笑，回转身掏出钥匙进入 8016 房间。

8016 是个套间，是总经理办公室。里间是总办主任办公室；外间是公开办公模式，大家共用。姚雁彦暗地里常跟左茜抱怨："3 个白色半封闭隔断，像三个半遮半掩的囚笼。边干活边被人监视，难受死了！"

姚雁彦在办公室里外转了一圈，便坐到紧靠 8017 那面墙的座位上闭眼休息，耳朵却在值班。

姚雁彦进入 8017 房间的时间恰好，那时候鲍平建的意识已经迷糊，正在向假想的叶溪倾诉。姚雁彦便悄然地坐到鲍平建对面变成了有血有肉能呼吸有感知的叶溪，她听鲍平建诉说，被诉说感染，为诉说里的人心痛、战栗、流泪。

那一刻姚雁彦真正地了解了鲍平建，看到了那颗饱受煎熬的魂灵，知道了那颗魂灵在不断地摆脱贪欲、狭隘、怨恨中挣扎成长才铸就了那副坚毅、冷峻、沉稳的外壳。那副外壳一旦卸去，面对自己深爱的女人是那么炙热、温柔、野性……于是姚雁彦心甘情愿地成了叶溪，迎合着鲍平建的举动，承奉着他倾注的爱。

此刻躺在床上的姚雁彦感觉自己真的爱上了鲍平建，不是因为他的钱财和气质，而是那颗魂灵。当然还有他爱女人的样子，那是她以前在别的男人身上从未体验过的。她随即产生了一种渴望，渴望见到昨晚鲍平建口中念叨的女人——叶溪，看看她长得什么模样。

姚雁彦伸了个懒腰，撩去身上的被单，翻身起床，走入卫生间。

姚雁彦洗漱完，盯着洗面盆上方镜子中的自己看了好一会儿，才转身走出卫生间。姚雁彦走到屋内的沙发旁，拿起放在沙发一角的紫色皮包，拉开金属拉链，从皮包里取出小巧精美的紫色化妆袋，拿着化妆袋走回卫生间。姚雁彦这一系列动作从容而高雅，那种从容而高雅由于刻意而显得做作。

姚雁彦站在镜子前一点点地在那张本来就很漂亮的脸上描画着，她要把这张脸画得更加漂亮迷人而又不显露出化妆的痕迹。

姚雁彦不着急，她知道鲍平建不会突然闯进来，鲍平建现在正待在8018办公室。

按惯例再过一个小时鲍平建和宾馆各部门经理就会在三楼6号会议室开晨会。每次开晨会姚燕彦都会早鲍平建几分钟坐在那个固定的位置等着。但今天她要晚几分钟，要让鲍平建有少许不安和渴望见到她时，出现在会议室门口。所以她要用这段时间找找感觉，找到出现在会议室门前让鲍平建为之一惊的姿态。至于还有另一双眼睛，那双眼睛会怎样？

一丝担忧绕上姚雁彦心头，姚雁彦晃晃头想赶快赶走那丝萦绕：“算了，算了，事后再想办法对付他。”姚雁彦很后悔没有跟那个人断干净。

墙上的挂钟指针走到七点三十五分，姚雁彦走出 8017 房间。她要去负一层员工餐厅吃早餐，吃完早餐去 6 号会议室开晨会。

第二章

一

叶溪望着鲍平建离去的背影愣了一会儿回到屋内。

屋里的光线很暗，40 瓦老旧的白炽灯泡被一层灰尘覆盖，照出昏黄的光。叶溪前天才回到这里。这间屋子空了 5 年，她回来后只简单地清理了一下，买了一些日用品，鲍平建就找来了。

2011 年春天蒋毅在深圳人民医院查出肝癌。查出肝癌后叶溪陪着蒋毅跑了很多家医院，找了好几位专家，钱花完了病却越来越重。

蒋毅说："算了，命该如此，不要再糟蹋钱了。"

叶溪不同意，她背着蒋毅卖了家里的珠宝首饰后，又琢磨卖房。她要竭尽一切挽救蒋毅生命，即使最后老天爷偏要拽走蒋毅，她也要让蒋毅少受些罪。当肿瘤专家向她宣布，蒋毅的肝癌已经扩散，只有 9 个月的时光后，她哄着蒋毅住进了一家高档私人疗养院。她关掉了公司，卖了别墅，和儿子蒋博租住在一套两居室楼房里。儿子已上高中，生活能够自理，她就一门心思扑在蒋毅身上。

蒋毅最后那段日子经常和叶溪提起往事："……我那晚坐立不安，便去了料场后门，想等着建哥出来劝阻他。可当门刚打开，曹伟利便和一些人从暗处冲出来……我怀疑那些铜排是有人栽赃。唉……"

蒋毅走了，走得很安静。蒋毅到走也不知道叶溪卖掉别墅的事。

蒋毅临走的那个晚上，拽着叶溪的手嘱咐："把别墅卖了吧，卖了钱，存一部分留着博儿以后上大学；留一部分做日常生活开支；剩下的钱，买一套小点的房子，你们娘儿俩住……将来，见到建哥，把博儿交给他，还有……"叶溪已经哭成泪人，哭得说不出话只是点头。叶溪好悔啊！悔自己以前没能对蒋毅更好些。

叶溪处理完蒋毅的后事，便决定回到北京生活。

北京还有父母留下的房子可以居住，她和儿子的户口都在北京，儿子的学习费用会低些。更何况她还想破解蒋毅的疑问，好让他在地下得到安息。

当时正是夏季，儿子刚放暑假，叶溪和儿子就抱着蒋毅的骨灰盒回了蒋毅的浙江老家。

蒋毅的老家在一个三面环山的小山村里。蒋毅父母走得早，是哥嫂把他养大。蒋毅工作后每月都给哥嫂寄钱，开始寄得少，在深圳发达时寄得多。所以蒋毅哥嫂对叶溪很有好感。

叶溪把蒋毅的骨灰安葬在他父母的坟冢旁，又住了两天便要回来。蒋毅的哥哥见挽留叶溪无果便说："那就叫博儿多住几天吧，反正博儿在放假。"叶溪正在犯愁，北京的一切都没安排好，回去后博儿人生地不熟。便答应了。

叶溪在决定回来时就做好了面对鲍平建的准备，可当她真的见到鲍平建，看着他的背影一步步离去，她还是抑制不住的战栗。她突然明白，有些东西早已烙进她的心底，无法抹去。

二

17 年前的那个夏天是叶溪今生最幸福的时光，也是叶溪今生最黑暗的时光。正在春风细雨中沐浴，突然就火烧炭烤般煎熬，那种感觉嵌进了她的皮肉，渗进了她的骨髓。

1996 年 7 月 13 日闷热难耐。傍晚下了一场暴雨，雨像小孩洗脸，咋咋呼呼，转眼就停了。

雨过天晴，太阳的余晖把西边的天空涂抹成一幅温暖的油画。叶家客厅没有开灯，橘红色的阳光从窗口射进来，笼罩着坐在餐桌旁默默进餐的一家三口，气氛与窗外的景色截然相反。

“我吃饱了。”叶溪打破沉默，放下碗筷往卧室走。

“哎……”叶溪妈刚开口，被叶溪爸打住，“算了，让她去吧！”

叶溪趁机躲进卧室，倚在床头看书，看书是借口，躲避父母唠叨追问才是真的。

叶溪爸妈继续吃饭，叶溪爸闷头把碗中的饭吃净，起身往书房走，走了两步停下，回头对正在看他的叶溪妈说：“一会儿我们聊聊。”

“唉！”叶溪妈叹口气，放下没吃净的碗，起身开灯，然后匆忙收拾完碗筷，去了书房。

叶溪妈走出书房时已经9点。她去了趟卫生间便去敲叶溪房门："溪溪，妈妈进去说点事。"

叶溪妈的敲门声把正捧着书本发呆的叶溪惊醒。她忙回答："好，进吧！"

叶溪妈进屋，拉过写字台前的椅子，坐到床边，看着叶溪叹气。

叶溪扔掉书，身子往上蹭蹭，问："妈，怎么了？一副要谈正事的样子！"

"怎么了？"叶溪妈刮了叶溪一眼说，"我刚才跟你爸商量好了，同意你和平建结婚。"

"真的！"叶溪惊叫，坐直身子盯着妈。

"真的，哼，"叶溪妈用鼻子"哼"了一声，笑了，"你们都这么大了，不同意怎么办？也不能老这么耗着。他家没房，结了婚你们住这里。"叶溪妈眼睛扫视下四周说："这屋子十多平，装修一下……你们要是不愿意也可以到外面租房住。"

叶溪眼睛湿了，蹭到床边拽住妈的手说："妈……谢谢你和爸……"鼻子一酸，头顶在妈怀里哭了。

叶溪妈抽出右手抚摸着叶溪的头发："唉，你呀，以后日子长呢……我们以前反对，都是为你好！"

叶溪抬起头，握紧妈的手说："妈，我知道。"

"知道就好，"叶溪妈抽出手，扭头看看床头柜上的小钟表说，"睡觉吧，明天还上班呢。我也得赶紧睡，一过十点，就睡不着了。"

叶溪晚上失眠了，想着她和鲍平建经历的一切，心绪难平。多不容易啊，快十年了！从偷偷爱上鲍平建跟着他屁股后面转到两个人明确关系背着父母恋爱；从父母知道他俩恋爱后坚决反对到父母不得不同意他俩相处；再到今天父母终于开口同意他俩结婚，他俩走了近十年。其中的欢乐、兴奋、激动、磨难等等，万般滋味再次重演，怎能不失眠？重演过后，叶溪便盼着天亮。她撩开窗帘，躺在床上，盯着漆黑的天空一点点变亮。

当窗口投进的亮光把屋内的一切变得朦胧时，叶溪再也躺不住了。鲍平建昨晚值班，现在正在单位。她要在上班前先到鲍平建单位去一趟，当面告诉鲍平建这个好消息。幼儿园在叶溪家东面，电机厂在叶溪家东南，叶溪上班前要先拐到电机厂见到鲍平建聊会儿天，然后再去幼儿园上班。所以叶溪要比平时上班早出去一个小时。叶溪欢快地洗漱，欢快地想着一切，欢快的情绪感染了父母，变成无数只精灵在洒进屋内的光线上跳跃。

叶溪哼着歌下了楼。走出楼门看见蒋毅站在楼门左前方冲她点头。叶溪笑着走过去问：“嘿，你怎么站在这？”

蒋毅拉着叶溪往墙角走，“找你，有事。”

“有事？”叶溪这时候才发现蒋毅脸色难看，边走边问，“怎么了？”

蒋毅把叶溪拽的墙角，看看四周无人，说：“建哥出事了，赶紧想办法，托人，把事情压下，否则一旦移交公安局就糟了！”蒋毅把在脑子里滚了半宿的话一气说完，轻松了许多。

“什么？为什么逮他？”叶溪急着问。

“哎，昨晚……我已经找了建哥弟弟二平，二平正在想办法，但我看二平把握不大……你赶快托托人或者请你父母想想办法……”蒋毅顾不得看叶溪的表情，只顾一股脑儿地往下说。

叶溪脸色煞白，紧盯着蒋毅的嘴。蒋毅讲些什么她已经听不清楚，她觉得那一张一合的两片唇就是魔鬼的嘴，把她的欢喜瞬间吞掉，吞得天晕地眩。没等蒋毅讲完，她转身就往楼上跑。

“哎，你……”蒋毅来不及多想，紧跟在叶溪身后。

叶溪冲进屋时，叶溪爸正在低头换鞋要去上班。

“爸，救救平建！”叶溪喊。

“嗯？”叶溪爸猛一抬头，感到天旋地转。

“平建从料场拉出一车废钢材木料，被保卫处逮住了，”叶溪没看出爸的异样继续说着，“……关键是他们从下面搜出一堆铜排！”

“什么？”叶溪爸盯着叶溪站起身，身子晃了一下，“砰”地倒在地上。

“爸！”叶溪扑向她爸。

“伯父！”蒋毅迅速跪地，抓过叶溪爸的手，把脉，并对叶溪喊，“不要晃他！”

“怎么了？怎么……”叶溪妈从厨房跑过来。

“还有脉，我去打电话，赶紧送医院！”蒋毅冲叶溪妈讲完，起身就往外跑。

一小时以后，叶溪爸被120救护人员直接送入西京医院抢救室。

抢救室外很安静，叶溪和蒋毅在抢救室外走来走去；叶溪妈腿哆嗦地站不住，捂着胸口坐在旁边的长椅上抹泪。

突然，蒋毅的呼机响了。蒋毅边扭头冲叶溪妈抱歉地笑笑，边掏出呼机看，看后对叶溪说：“二平呼我，我回个电话，问下情况。”

蒋毅去了没多久就回来了，蒋毅走近叶溪低头说：“建哥父亲去了曹伟利家，请曹家托人帮忙救建哥。曹父一口答应了。”

叶溪感到脑袋轰地一下清亮了，说：“对啊，曹伟利堂哥在公安局工作，跟电机厂保卫处很熟，曹伟利的工作就是他堂哥托人安排的，托他堂哥帮忙……”叶溪一拍脑袋，五指插进头发，揪着头发说：“哎，你说我……怎么这么笨呢？疯了似的找我爸，把我爸弄成这样！”

蒋毅劝道：“也怪我，可我觉得——”蒋毅话说半截改口：“建哥那边有了办法，你就别着急了，你就一门心思顾伯父吧！”

叶溪父亲得的是脑溢血，做完开颅手术，一直昏迷不醒，三天后去世。

叶溪家在北京没亲戚。叶溪妈是六十年代归国的印尼华侨，叶溪爸是西北人，俩人大学毕业后留在北京当老师。叶溪父母只生了叶溪一个孩子。生一个孩子，年轻没事时不觉得什么。一旦遇到事，遇到需要人手，或是那种人多势众撑场面的时候，一个孩子便显得凄凉孤苦。

叶溪妈在得知丈夫去世后病倒了，叶溪父母平日也没交几个朋友。叶溪爸去世后，单位的两个领导到家里看望了一下，几个同事参加了葬礼。叶溪一个人送爸爸走，一个人操办着爸爸的后事，那种凄苦无法言表。

陵园寂静，小雨淅淅，叶溪一个人抱着爸爸的骨灰盒走过崎岖的山道，走向山坡的墓地时，叶溪没有哭，叶溪似乎预感到她的苦难才刚刚开始。

三

谁也没有想到鲍平建那么快被判刑，而且一判就是十年。

自从鲍平建父亲从曹父口中得到许诺后，鲍家便安心地指靠曹家。准确的说是指靠曹伟利的嘴，曹伟利的嘴拨动着鲍家人的忧愁喜乐，心绪起伏。

曹父说：“放心吧，我腿脚不方便，什么事就交给伟利去办，那边伟利和他堂哥没得说，这边和你们也熟。有什么情况相互通通气，传个话都方便。”

曹伟利说：“对，你们就别瞎求人了，有我堂哥呢！”

曹伟利很尽力，当晚就传过话："我堂哥找了厂保卫处，可惜晚了一步，他们已经报案，人送走了。没事，我堂哥说了，公安局那边他更好说话。你们放心等好吧！"过了两天他又传过话："建哥这事已经被列为特别重大案件，不能取保候审……别着急，我堂哥说再托托人。"又过了几天，在鲍父急得在屋里转圈时，曹伟利推门进来了。吞吞吐吐地说："叔，不好了，建哥这事被抓了典型。只好等着判了！"鲍父听了两眼发直，曹伟利立马扶住鲍父说："叔，别着急，急也没用，我堂哥说再托托人，少判几年。"

"少判，能判几年？"鲍父看着曹伟利，近乎哀求地说，"伟利，你帮叔问问，平建这事按理应该判几年。"

曹伟利说："好，我去问问。我想判不了几年，我堂哥再托托人，也就，一两年吧！"

曹伟利走后，鲍母埋怨丈夫："你啊，当初就不该只在曹家这一棵树上吊死。"鲍父说："那指着谁？咱家亲戚没一个当官的，二平刚上高中，叶溪父亲刚去世，她妈又要死要活地要挟她彻底和平建了断。"鲍父收回盯着老婆的眼，吸了一口烟说："老曹又一口答应帮忙，我可不就一门心思指望他家了。"鲍母叹了口气："唉，既然这样了，就这么往前走吧！命，平建命苦！"

鲍平建的判决下来，大家都傻了，都有一个共同的疑问。叶溪问曹伟利："为什么？为什么这么快？"曹伟利回答："赶上严打，没办法，天皇老子也没办法！"

"是啊，没办法！赶上严打没办法。"大家都认可了这个解释。

只有这个解释能让鲍平建的父母在等待儿子出狱的煎熬中活下去；只有这个解释能让那些有些愧疚的人、有些惋惜的人、有些隐痛的人依旧喝酒聊天晒太阳；只有这个解释能够让某些罪恶隐秘。

叶溪也接受了这个解释。她只能认命，她觉得她的命就该如此，就该忍受磨难，就该再等十年，十年后接鲍平建出狱和他过日子。

叶溪没有想到，这只是场序幕，灾难将接踵而来。

叶溪发现自己怀孕是在立秋后的一个晚上。当时她正坐在写字台前看书，困意上来，打了一个哈欠，随手合上书准备睡觉。在她把书往桌上放的时候，无意间瞟了一眼桌上的台历。随即眼睛就被台历吸住了。她盯着台历想了一会儿起身去关门，关上门蹲在写字台下面打开右侧的柜门翻找，摸摸索索找出几片东西塞进裤兜去了卫生间。

叶溪从卫生间出来，走过客厅，撞到餐桌才缓过神来。客厅没有开灯，叶溪也懒得开，她借着从窗帘缝隙射进的光亮摸回卧室。躺倒床上翻来覆去地想。

怀孕了，肯定是怀孕了！她用测试纸测了三次，次次都是两条紫红色短线。怎么办，要还是不要？这是她和鲍平建的孩子，她很想生下来。鲍平建十年后才能出来。十年啊！期间会发生什么？即使鲍平建熬过十年，她是否还能怀孕。可，能生吗？妈妈肯定反对，那么长的怀孕期怎么挺过？她和鲍平建没有结婚，未婚女人带着一个孩子怎么生存？即使这一切她都能熬过去，孩子哪？孩子能在别人的鄙视下健康成长吗？一想到孩子将要面临的场景，叶溪就感到挖心的痛。

天快亮的时候，叶溪才慢慢睡着。睡着便是梦，梦见鲍平建，梦见小孩，说不清是男孩还是女孩，孩子闭着眼睛，长长的睫毛，小手在胸前蜷着……孩子突然不见了，鲍平建便冲着她叫，叫喊着要孩子。叶溪从梦中惊醒，醒后愣了一会儿才去看表，时针已经指向六点半。

起床，洗漱，帮妈妈做早饭。叶溪忙完一切，胡乱地吃了两口早餐就去上班。叶溪骑着车走到半路就变了主意，改道去了医院。

医院的血液检测再一次证实叶溪怀孕了。“HCG 测试 132，说明你已经怀孕四周。”鬓角长着许多白发的女医生指着化验单说。

叶溪出了医院去幼儿园上班，上班时总是走神，时不时就搂着哪个小朋友犯会儿愣。下班路上，叶溪也没停止思索，她感到脑袋快炸开了，迷迷糊糊去了春再来酒馆。

曹伟利这几天很快活。曹父觉得没把鲍家的事情办漂亮，脸上挂不住，给住在通州的女儿打电话说：“闷得慌，想去散散心。”曹家女婿是个处长，住房宽裕，立马派人开车把老丈人老丈母娘接了去。曹父临走时对曹伟利说：“我们这一去就得住个一年半载，你也别总吊儿郎当了，抓紧时间找个媳妇。”曹伟利哥哥大学毕业后分到天津港务局工作，混得不错，已经在那边安家。曹伟利父母一走，曹家便成了曹伟利的天下。

曹伟利下了班，吃饱没事，满大街转悠。

曹伟利晃着腰，哼着小曲从春再来酒馆大玻璃窗前经过时往里面瞟了一眼。“叶溪！”曹伟利站住了，歪着脖子观察，叶溪一个人，正趴在那张桌子上一杯接一杯地灌酒。曹伟利奸笑着进了春再来酒馆。

四

叶溪睁开眼，发现自己躺在一个陌生的地方。她下意识地摸下身子，惊叫一声，拽紧被单至下颏。

“嘿嘿！”声音从背后传出，阴森怪异。

“谁！”叶溪转头。

“我。”曹伟利从阴影里站起来，怪笑道，“没想到吧？”

“你！？”叶溪瞪着惊愕的眼睛，攥紧被单。

“对，我干了。干了鲍平建的女人！”曹伟利哈哈大笑，奔到床边扽过盖在叶溪身上的被单。一丝不挂的叶溪扑向被单，手刚抓到被单又被曹伟利扽走，“抢，嘿嘿，抢！”曹伟利怪笑着，扽拽着被单，像耍弄一只猴子。

叶溪突然醒悟，反身跳下床，奔向放在沙发上的衣服。曹伟利坐回暗处，晃着二郎腿，欣赏叶溪的窘态。

“魔鬼！魔鬼！”叶溪浑身战栗慌忙地穿着衣服，穿完衣服，绕过床，往门口奔。

“回来！”曹伟利起身一把抓住叶溪，又猛地一搡，把叶溪扑倒在床上。叶溪仰倒在床上，胸口被曹伟利狠狠摁住，只能脚踢手抓对方。

曹伟利感到右脸生疼，恶从心起，腾出右手照准叶溪左脸抽了过去。瞬间，一股鲜血从叶溪紧闭的嘴角涌出。叶溪不再挣扎，紧闭双眼，泪水从眼角滴落，滴进雪白的脖颈。

曹伟利发泄完，对蜷缩在墙角的叶溪说：“忘了告诉你，夜里那会儿我拍了照片。你那个骚样，可真够浪的，想看，随时找我！”说完坐到椅子上，从烟盒里抽出一根烟，点着，吸了一口，仰头吐出一串烟圈，盯着房顶阴狠地说，“你要是真的疯了，满世界去告，我也不怕，大不了陪着你，陪着鲍平建坐牢！可你，哈哈，照片就会飞满大街小巷，就会……哈哈……”

叶溪走出曹伟利家，走出那片平房，才有了思考意识，“为什么？为什么会这样？一个跟在鲍平建屁股后面唯唯诺诺，怂头耷脑的小催巴儿怎么就突然变成了狼？不，是魔鬼！一个充满了恨的魔鬼！他恨我？恨鲍平建？”叶溪一惊，她突然意识到，曹伟利对她所做的一切，不只是一个色狼的发泄，而是恨。叶溪打了一个寒战。她感到恐惧，无比的恐惧！这个她从未正眼看过的猥琐男人突然显露出狼性，让她充满恐惧。

叶溪低着头，急急地往前走，曹伟利的话在她耳边回响：“忘了告诉你……你那个骚样，可真够浪的……你要是真的疯了，满世界去告……大不了陪着你，陪着鲍平建……哼哼，照片就会飞满大街小巷……”叶溪浑身哆嗦，“满世界去告？”一想到那事她就感到一只癞蛤蟆在身上爬，那种羞辱的感觉比死还难受，她怎么会满世界去告呢。

天大亮时叶溪走到了运河边，叶溪站在桥上望着河水愣了一会儿便有了决定。这就是命，是上天的安排让她不自觉地走到这里。那么好吧！就在这里结束，结束这痛苦的生命。叶溪脸上现出笑容，绕过桥头，沿台阶走到水边，逆着水流的方向往前走了七八米停住，转身望向水面。

叶溪不喜欢紧挨着桥的地方，那地方淤积着许多杂草垃圾，她要找一个干净的地方。

鲍平建获刑入狱以后，蒋毅变了很多，变得沉默忧郁了。他很愧疚，愧疚地不想见到认识鲍平建的所有人，特别是叶溪。所以他为了躲避他们把每天的活动范围局限在单位和宿舍，还有宿舍西面的运河。

每天早上沿着运河跑一圈，是蒋毅的习惯。他现在很庆幸自己有这个习惯。一个人沿着河边慢跑，边跑边思考，内心的痛苦、懊悔、纠结、被一滴滴顺着额头、脖颈、脊背流出的汗水稀释，身体便轻松了许多。

叶溪走向河的深处时，蒋毅正跑到桥头。他突然听到桥下有人叫喊：“嘿，别走了，危险！回来！快回来！”

蒋毅奔到桥栏，看到一个女人正往河中心走，转身下了桥，跑下桥才发现女人是叶溪。

蒋毅叫喊着：“叶溪，不要！叶溪……”扑了过去。

叫喊的人是两个钓鱼的老头，看到蒋毅跑过去，觉出事情蹊跷，议论着：“怎么回事？不想活了？”

“嗯，好像要自杀！”

“我看是两口子打架。”

“唉，现在的年轻人啊！走，过去劝劝。”

蒋毅在叶溪快被水淹没时揪住了她……

蒋毅从水中救出叶溪的时候是周六早上六点多钟，宿舍的年轻人大多还在梦乡中，宿舍区一片宁静。

蒋毅住在紧靠宿舍西门的那栋楼二层，206室。叶溪低着头跟着蒋毅走进西门，穿过草坪，走进宿舍楼。上楼，进入206室，一路除了看门老头瞟了他俩一眼，再没遇见任何人。这让她尴尬羞愧的样子自然了许多。

206室不大，收拾得很干净。蒋毅还有一个室友，室友年初结婚到外面租房住了，现在只剩他一人。二人进屋后，蒋毅找出一件T恤，一条牛仔裤，放到床上，说：“可能大了点，我去食堂打早点，你一会儿把衣服换上。”

那天蒋毅和叶溪聊了很久。叶溪对蒋毅印象一直不错，只是没深聊过；蒋毅对叶溪印象很好，叶溪是他喜欢的那类——漂亮、清高、有个性不张扬的女孩。

同一类人，相互都有好感，都因为身份的特殊而保持着距离。这样两个在痛苦中煎熬的灵魂，在经历了生死交错的瞬间后，突然就找到了出口。诉说，诉说，他们不顾一切地诉说着，想把憋闷许久的苦闷倾泻掉。

“我对不起建哥，不该给他出那个主意……可我没带着人去抓建哥啊！现在建哥进了监狱，我成了抓他的英雄……我不愿意，我不要表扬……我跟领导去说，去解释，可越解释越糟糕，越受表扬。”蒋毅茫然地看着叶溪，“你知道吗？我好像看见了一个怪圈，有一条绳索拽着事件，我们越想这样，事件却越往那面发展……”

叶溪迷惑地问：“什么怪圈？”

蒋毅无奈地摇摇头："我也说不清，只是感觉，唉，不说了！"

与蒋毅相比，叶溪沉稳多了。她告诉了蒋毅怀孕的事，诉说了自己的孤苦，凄凉，诉说了对命运的无奈，但不管怎么倾诉，她始终未提遭受曹伟利强暴的事。那件事她要烂在肚子里，今生不会向任何人提起。

叶溪从曹伟利家走后，曹伟利紧张了两天，看看没什么动静，心便放下了。过了几天曹伟利从同事口中听到叶溪和蒋毅好了的消息，先是一愣，随即笑了起来。笑得阴险但发自内心，凭他对他们的了解，叶溪肯定没告诉蒋毅那件事，若是告诉，蒋毅定会找他算账。

"哼！叶溪和蒋毅好了，鲍平建和蒋毅的仇就结瓷实了！"于是曹伟利晚上去了鲍平建家，和鲍家人东拉西扯地聊了一会儿，便和二平约定周末去监狱探望鲍平建。

探监回来，曹伟利像换了一个人。脸上有了光亮，走道时使劲挺着胸脯，背有些驼又使劲挺着，那样子让想取笑他的人都不好意思。有些熟人怜悯心发作还给他介绍了女朋友。

曹伟利相中的女孩是变压器车间的临时工韦晓嫚，小他四岁，人长得一般，较胖，个子却比他高半头——主要是曹伟利太矮，刚刚一米六二。

五

8 月底的一天晚上，叶溪回家较晚。

坐在客厅看电视的叶溪妈说："你可回来了，我心跳得站不住劲。"

叶溪边换鞋边说："有什么站不住的？我就是和朋友聊聊天！"叶

溪换了拖鞋，坐到妈身边说："你总这样，哪天我结婚走了，怎么办？"

"结婚？你和谁结婚？"

叶溪拿过妈手中的遥控，关掉电视，说："妈，我和蒋毅商量好了，过几天就去领证。"

"蒋毅？"叶溪妈糊涂了，愣了会儿说："好！好！"叶溪妈不敢说别的，女儿的性格她了解，心想："只要不是鲍平建就好！"

叶溪说："不办婚礼，十一我和蒋毅回趟他浙江老家，就算旅行结婚了！"

叶溪妈问："房子哪？你们住哪儿？"

叶溪说："租房，租套一居室，粉刷一下，买几样家具，就行了。"

叶溪妈问："这都是你们商量好的？"

叶溪点头，"嗯，刚才商量的。"

叶溪妈握住女儿的手说："再商量商量，你跟蒋毅说说，到咱们家住吧！你走了，家太冷清。"

蒋毅同意和叶溪结婚后住叶溪娘家，这让叶溪妈很高兴。

蒋毅和叶溪从浙江老家回来，住进了叶家。三个人在一个屋檐下相处总有一些事情发生，叶溪妈是个精明人，透过这些事情便看出蒋毅是个温和善良的人，而且勤快懂事。小两口相敬如宾，和和睦睦，叶溪也怀孕了，叶溪妈感到很欣慰。

鲍家对叶溪和蒋毅结婚没做出什么激烈反应。曹伟利早就通过气，鲍家又是这般情况，怨恨只能压在心里。

曹伟利除了笑还是笑，怎能不笑呢？他担心的事就像飘着的一片树叶落进搅拌池里，搅碎，溶化，销声灭迹了；他的婚事也很顺利，韦晓嫚带他回怀柔老家见了父母，尽管韦晓嫚父母见了他很不满意，但没辙，韦晓嫚怀了他的孩子。“哈哈，哈哈！”曹伟利躲在屋里放声大笑，他从未这么舒畅过，他要尽情享受。

来年春天叶溪生了个儿子，取名蒋博。

蒋博的出生让曹伟利的笑立马僵硬，随即变成恐惧。

曹伟利已经结婚，韦晓嫚怀孕四个月，韦小嫚的每次孕检曹伟利都陪着。曹伟利说韦晓嫚：“你就是个糊涂蛋，孕期到底多长？什么时候孕检？什么时候生？都弄不清！”韦小嫚反驳：“有你呢，你个弯弯绕脑袋，成天算计，我还用弄清！”

曹伟利听说叶溪生了，顿感不对。他蜷在沙发上掐算，“叶溪刚结婚六个月，六个月就生孩子怎么可能。孩子是自己的？也不可能。那件事发生在八月下旬，到现在也就七个多月。那么？孩子是鲍平建的？按时间掐算，孩子就是鲍平建的！”

曹伟利感到恐惧。孩子要是鲍平建的，孩子就会成为一条纽带，早晚会把叶溪和鲍平建拴到一块，有叶溪撮合蒋毅和鲍平建也会说上话。那时他费劲心思掩盖的一切就会大白天下，鲍平建定会宰了他。

“鲍平建！”曹伟利一想到鲍平建腿就哆嗦，那个强悍明朗的身影从小压着他，使他越来越猥琐。他坐不住了，他要马上弄清孩子到底是不是鲍平建的。

叶溪和蒋毅决定结婚时是有约定的，他们只做名义上的夫妻，把孩子生下来，养大，将来交给鲍平建。

叶溪的生长环境给了她真善的性格，也铸就了她的孤傲和任性，她做事只凭内心，从不在乎别人怎么看。她深爱着鲍平建，想生下他们的孩子；蒋毅人不错又谈得来，一心要承担起保护她和孩子的责任。至于鲍家的误会，别人的看法，随它去吧，她从不解释。叶溪曾经写过一首

《那一刻只需转身》的诗表达了她的那种态度，诗中写到：

如果你听到了
不用解释
摇摇头，风吹过耳边
谣言便随风而散
如果你看到了
不必难受
笑一笑，云飘向山巅
彩霞会把丑恶驱赶
如果你遇到了
不要纠缠
只需转身，抬脚的瞬间
身影会告诉小人最好不见

柴米油盐的生活，锅碗瓢盆的碰撞，如山崖下缓慢流淌的溪水，天长日久的软磨漫侵，再坚硬的岩石也会印上一层绿苔。一个人对另一个人的好也是如此，一时半会儿对你的冲击并不大，但架不住时间的打磨，随着时间的推移它会渗入你的血液，滋润你的心田。叶溪和蒋毅的感情便是如此。他们越来越感到彼此的喜欢了，特别是博儿出生以后，那种喜欢似乎变成了爱。爱让他们各自内心纠结，挣扎，爱让他们在一个迷人的夜晚终于拥有了对方。

五月下旬的一天下午，叶溪推着婴儿车在楼下散步，曹伟利突然从楼角拐弯处蹿出来挡在前面。叶溪一惊，随即推车右转想往回走。

“嘿嘿,我就是想看看孩子！”曹伟利拽住婴儿车,手伸向了博儿脸。

“别碰他！”叶溪尖叫。

曹伟利缩回手，盯着躺在车里转着黑亮眼珠的博儿说：“喊什么，你不怕吓着他吗？”

叶溪没理曹伟利，推着车匆匆离去。

曹伟利断定躺在车上的孩子一定是鲍平建的。“哼，早产，骗鬼去吧，那么健康的孩子能是早产？还有那眼睛，那宽阔的脑门，只有鲍平建才有。”曹伟利脸上现出阴狠，望着叶溪的背影咬紧嘴唇。

叶溪的平静生活就在那个下午被曹伟利搅乱了。叶溪从此处在惊恐中，曹伟利的声音，曹伟利怪异的笑会突然闯进她的脑海。她推着博儿遛弯或是带着博儿去医院检查身体时，总是不自觉地往后看，她总感到有个影子跟在后面。

叶溪的感觉没错，身后的影子就是曹伟利，曹伟利有了新的计谋。

蒋毅是个心细的人，他感到了叶溪的异样，但没多想。他觉得可能是叶溪带孩子累的。那时他工作很忙，老科长岁数大了，身体不好，大事小情全都靠着他。老科长说：“你要加紧锻炼，上面正在讨论把你提为副科长。”

蒋毅不是想当什么科长，但工作总是要干的。既然干就要干好！这是蒋毅的性格。

时间一晃又过了一年，这一年叶溪过得不安稳。蒋毅当了副科长以后更忙了；儿子总是闹病，三天两头跑医院。最让叶溪烦闷的是，总感觉暗处有一双眼睛盯着她，那双眼睛来自一个魔鬼，那个魔鬼的目标是她的儿子。为此她惊恐不安，经常恍惚，失眠。

叶溪妈说："你是不是得了产后抑郁症？要不，看看医生。"

蒋毅说："别太紧张，孩子小时候都闹病，大点就好了。"

叶溪只是应和，什么也不说。人嘛，终归隔着层肚皮，只要她想瞒，再亲，对方也看不清她心里想什么。

照往常蒋毅定会看出点什么。可现在他工作不顺，像是掉进了昏暗密匝的网里，挣脱不开。知道暗处有人使坏，又看不清是谁。很是苦恼。正在这时，深圳的一个同学邀请他过去发展。

晚上蒋毅躺在床上问叶溪："哎，你想过换个环境生活吗？"

叶溪翻身搂着蒋毅的脖子，说："想过，想过无数次，可怎么换啊！"

蒋毅拽过叶溪的一只手说："走，去深圳！"

"深圳！"叶溪抽出手，"人生地不熟的，我害怕。再说这边的工作怎么办？"

蒋毅搂住叶溪，说："我一个同学在那边混得很好，他要我过去发展。这边吗？辞职！我在这里也……"蒋毅松开叶溪，靠在床头，"……总是出事，总感到后面有只黑手…….”蒋毅一旦打开话匣子便一口气说了下去。

叶溪从未想过蒋毅工作上会有什么问题，听蒋毅这么一讲，她很惊讶。她深深地感到蒋毅的迷茫和苦闷。她也想起了自己，她不是时刻都想甩掉那个如影随形的魔鬼吗？便说："那好吧！我们去深圳，去一个没人认识我们的地方！"

叶溪妈很支持他们的决定，叶溪妈说："年轻人就应该出去闯闯，你们不用惦记我，大不了我请个保姆。"

叶溪一家是六月底去的深圳。

曹伟利得到叶溪一家去深圳的消息后，大醉了一场。醉后的样子把韦晓嫚吓坏了。这个体型比曹伟利大一圈的女人从此再不敢指着丈夫的鼻子骂窝囊废了。

六

灯光照在叶溪凝重的脸上，眼角的皱纹像白玉上的裂痕，细碎但很清晰。叶溪还是那么美丽，还是那么孤傲，但已不再任性，不再脆弱。她的心经过苦难的碾磨而变得粗粝、坚强。

叶溪盯着桌上那摞钱沉思了一会儿，叹口气，起身把钱锁进立柜，上床睡觉。

钱共六万，不管鲍平建怎么想，她的确需要这六万块钱。她存的钱只够她们娘儿俩一年的生活开销，博儿要上好学校需要钱，有个头疼脑热去医院需要钱，她打算明天去找工作，可万一找不到工作怎么办？有了这六万块钱放在柜子里面，她的心就有了底。叶溪想着翻个身睡着了。

第三章

一

鲍平建走进6号会议室时看了一眼那个位置，姚雁彦没在，不禁暗笑："女人，女人都差不多！"鲍平建坐到椭圆形会议桌上首，扫视一下众人，"还差两人！"抬头看了一下对面墙上的挂钟，"七点五十六分，还差四分钟八点。八点准时开会，谁都不等！"

姚雁彦就是在那一刻出现在6号会议室门口的，跟在她身后的是人事资源部经理方芳。方芳家住得远，孩子又小，每天早上跟打仗似的，她边扣黑色毛料工装上衣扣子边从姚雁彦身边挤进会议室，瞄了一眼鲍平建，低头坐到靠门的位子上。

所有人的眼睛都被姚雁彦的光耀吸住了。工程部经理杨展的眼睛一直跟着她坐到鲍平建身边；鲍平建心里也震了一下，待姚燕彦坐好，说：“好，现在开会。”

前厅部经理樊洁首先发言：“我昨夜店值，一切正常，入住率71%，多功能厅昨晚的活动九点四十结束，十点整会议班和音响师按会务组要求布置会场，十一点半布置完毕，花坛、会标、同声传译等都安置到位。”

客房部经理林义辉第二个发言，他说：“昨夜客房部一切正常，只是 6012 房间的座便堵，还没修好；4001 门厅房顶还在滴水，这两个房间今天还是待修房……”

“嗯——”杨展刚想插话，又停住了。四下发出笑声。杨展瞟了一眼姚雁彦，姚雁彦面露不屑，杨展脸色变红低头不语。

林义辉瞥了一眼杨展，面露喜色，继续说：“再有就是电热壶，一些电热壶总是跳闸，工程部说是质量问题，让我们找采购部。”林义辉说完捅捅身边的餐饮部经理胡瓜瓜。

体胖头大的胡瓜瓜接着说：“我们部门也一切正常，就是西餐厅的洗碗机总是出问题，工程部修了多次，还是没修好，洗碗机动不动就不按程序工作。还有昨天玫瑰厅醉酒打架的客人投诉了，投诉我们没有职业道德，拉偏架。其实跟我们餐饮部没什么关系，玫瑰厅领班发现不对就通知了安保部，是安保部来人处理的。”

轮到杨展汇报时，他已经憋了一肚子气。刚才他看到林义辉在下面用手捅了一下胡瓜瓜，心里便明白了一切。每天晨会都是如此，都是互相咬吃，推卸责任。工程部，安保部成了他们的垃圾桶，他们高兴时，还和你事先通通气，卖你个人情，不往晨会上捅；一旦遇到麻烦事或是某种利益需求，他们就会事先商量好，制造出一堆垃圾，一股脑儿地往桶里倒。

杨展看了一眼鲍平建，鲍平建低着头翻看笔记本。杨展咳了一声说："4001门厅滴水，是空调管道冷凝水所致，这些日子潮，那间屋子所处位置又特殊，窝在里面不通风，所以滴水，我们正想办法；6012座便堵是日久天长的问题，堵得很深，我们的疏通机功率不够；电热壶……"

"杨经理，这些事你一会儿到我办公室谈。"鲍平建抬起头打断杨展，看了大家一眼说："下面继续。"

市场部经理左茜最后发言，她挺了挺原本就很直的腰板，说："市场部这块最近较忙，正在和两个大客户谈，我想说的是，一个半月以后我们要接的'华夏寻根之旅'这个团，二百多人的大团，来自世界各地，影响很大。大家一定要事先准备。这个团基本都是华侨的第三代，十五六岁的孩子。这些孩子和国内长大的孩子不同，要求个性独立，胆大，活跃，大多数不会讲中文。所以，在服务接待，设备安全，观念意识上我们都要有所准备……"

左茜说完，鲍平建讲："好，左经理说的事大家一定要重视。我想就用东配楼接待这个团，一百多个房间正好，这些孩子单独住一个楼，也好管理。各部门先就接待'华夏寻根之旅'这项任务检查一下自己的工作，提出需要解决的问题，然后写个东西报给覃副总。"鲍平建说完看着身旁的覃副总问："你讲两句？"覃副总摇摇头，鲍平建回过头面向大家说："好，散会！"随即众人起身朝门口走。

左茜走过鲍平建身边时被鲍平建叫住，"左经理，那个……什么高科技会议，谈得怎样了？"

"啊，FSG高科技成果展示会，"左茜站住说，"我正想向您汇报呢。"

姚雁彦出了会议室，溜达到旋梯旁假装欣赏一人高的幸福树，等左茜。她想等左茜过来去二楼左茜办公室躲会儿，杨展跟鲍平建谈完肯定会去8016找她，他俩碰到保不准失态，露出什么迹象，被一些人捕捉到。她必须谨慎。

左茜的办公室在二楼西南角，十八平南宽西窄的房间，南面一溜大窗户紧临花园，明亮安静。此刻，正是初秋，树叶未黄，百花正姹紫嫣红拼尽最后一口气展示自己的艳丽。

姚雁彦随着左茜走进屋，奔向敞开的窗户，抱怨道："瞧瞧，鲍老板多不公平，你这么奢侈！"

左茜坐到办公桌前："我奢侈，溪澜宾馆的营业率除了日常的散客全靠我们市场部撑着，鲍老板这是给我们一个好的环境谈业务！"

姚雁彦回身靠着窗户笑："臭美，臭美哈！"

左茜往椅背上一靠，嬉笑道："我可不敢跟你臭美，哪天你登了天，再找我清算，嗯——"左茜坐直身子盯着姚雁彦说："有情况，你今天怎么来晚了？怎么那么惊艳？"

"惊艳？"姚雁彦瞪着她。

"不，艳不适合你，但惊是绝对的，"左茜起身，走到姚雁彦身边，双手抱在胸前，上一眼下一眼刮着姚雁彦看，"你今天走进会议室的那一刻真让我惊奇，怎么就突然变得高雅温婉了？"

"嘿，你是说我以前低俗冷漠了？"

"不不，你以前就是有点冷，有点低沉，"左茜忙解释，怜惜地说，"你怎么会俗呢，你要是俗早就嫁了！"

"嫁，嫁谁啊！"姚雁彦走到沙发前坐下，一脸悲凉。

左茜知道姚雁彦又想起了往事，也不劝她，泡了一杯龙井放到茶几上，坐回写字台，打开电脑写那份鲍平建急着要的计划书。

二

姚雁彦出生在青岛，父母都是船厂工人，高中毕业考上北京的一所大学中文系。姚雁彦一进大学就暗恋上了同班男生顾磊，表面上若无其事，眼睛和耳朵却跟着顾磊转。

顾磊是吉林人，高大俊朗会说话，身边围着几个女孩。顾磊聪明而实际，“喜欢不等于爱，爱也不代表能嫁给你，嫁是需要钱财的。”他祖辈种地，没有钱财，更没有时间浪费在一个不可能嫁给他的女人身上。所以顾磊在众多倾慕他的女生中选择了姚雁彦。

顾磊在一个风清月朗的傍晚向姚雁彦表白，姚雁彦的眼光像湖面上移动的月光。顾磊拉起姚雁彦颤抖的手说：“明天，我就向同学们宣布。”

姚雁彦摇头：“不不，千万别。”

顾磊一惊，问：“怎么？你……”

姚雁彦说：“不，太突然了。”

从幕后走向前台，姚雁彦手足无措地走了一个月。随后姚雁彦像所有沉浸在恋爱中的小女生一样，帮顾磊买饭，削水果，洗衣服，腻腻歪歪，独占着顾磊的爱。

大三那年姚雁彦提出到校外租房住，顾磊同意：“好，好，听你的。”于是二人大街小巷地转着找房子。姚雁彦就是在那时候认识左茜的。

那天姚雁彦和顾磊正站在 398 车站等汽车。姚雁彦举着和路雪香草蛋筒往顾磊嘴边送，半路改了方向，“嗯，嗯！”顾磊顺着蛋筒指的方向看去，身后的电线杆上贴着一张出租房屋广告。

“打，打，”姚雁彦把嘴里的冰激凌吞进肚子，口齿才变伶俐，“打电话问问，这间房合适，两居室合租，肯定不贵。”

顾磊打完电话，对瞪着眼看他的姚雁彦一摆头：“走，看房去！”

姚雁彦碎步跟着顾磊：“谈好了？ 700 块，贵吧？”

顾磊说：“不贵，悦景苑小区，离学校近，房子也不小，12 平！”

“另一间呢？另一间什么人住？你没问问？合租，对方什么人很重要，否则……”

“没问，嗨，看看不就全知道了。”

姚雁彦和顾磊赶到悦景苑小区 9 栋 3 单元 502 时，一个精瘦的中年男人开了门。男人说：“进吧，我是房东，住 501。这间房租了两户，一户刚搬走。”男人引着姚雁彦二人走到客厅推开朝北的房间说，“嗯，就这间，干净吧？小两口都是白领，刚买了新房！”

姚雁彦问：“另一户哪，另一户干什么的？”

男人说:“跟你们一样,快毕业了！男的蔫了吧唧,女的喜兴,叫……女的叫左茜。”

姚雁彦和顾磊在房里转了两圈，交了定金和三个月房租，便赶回学校搬行李。二人回来时，左茜也刚好到家。

“刚搬来的？我叫左茜，华大的！”左茜笑得灿烂。

“啊，你好，我叫姚雁彦。”

“我是顾磊。”

“首师大的？房东说了，没想到你们这么快搬来，有事说话。”左茜快人快语，很让姚雁彦喜欢。

左茜比姚雁彦大一届，读的是饭店管理，正在溪澜饭店实习；男友读建筑设计，比左茜大三岁，在一家外企公司做设计师，刚被外派到石家庄做一个项目，每周回家一次。

左茜和姚雁彦很快成了好朋友，半年以后无话不谈。

盛夏的一个周末上午，顾磊去学校打球，姚雁彦在卫生间洗衣服。

左茜嗑着瓜子在旁边闲聊，左茜说："嗯，男人不能惯，得管。你老这么宠他，把心宠花了，哪天把你甩了，你哭都来不及。"

姚雁彦说："我家顾磊？不会！"

左茜说："说不好，男人这东西，天生贱！"说着伸手扽姚雁彦，"嘿，要不，哪天我帮你试试？"

姚雁彦说："试什么？"

"试什么，哈哈！你说试什么，哈哈！"左茜嬉笑着胳肢姚雁彦。

"去，没正经！"姚雁彦躲闪着左茜。

其实左茜不是瞎说，她发觉顾磊不那么爱姚雁彦，而且顾磊眼光轻飘，精于算计。一个月以后左茜找到了证据，她趁顾磊出去的时候把姚雁彦拽到自己房间说："我替你试了，顾磊还真不是东西！"

"你！"

"嗨，不是你想的那样，我没主动，前天夜里我从卫生间出来，正好撞见他。他抱我，我一下就把他推开了。"

"你，他？"姚雁彦惊得说不出话来！

"哎呀，我你还不信，我是你好朋友，再说他也不是我喜欢的那款！"

"意思是，要是你喜欢的那款？"

"要是我喜欢的那款就说不定了！"左茜哈哈大笑，笑罢说，"我可提醒你，这样的男人没定力，一旦遇到女人诱惑，就会变心！"

姚雁彦说："不会吧，是不是你们撞上了，他怕你摔倒，想扶你？"

左茜说："算了，算了，懒得理你！"

左茜的提醒像往平静的湖里投进一颗石子，泛过几圈涟漪，湖面恢复平静，震颤却在纵深发展。姚雁彦表面没事，也没去问顾磊，心里却有了裂痕。

左茜不久就搬走了，左茜的男友从石家庄回来，用父母给的钱在五环外买了一套一居室。

左茜走后，南屋又搬来一个单身男人，早出晚归，很少照面。

姚雁彦和左茜一直没断联系，她和顾磊的生活也算平静，大四后半年他们俩在学校的推荐下到一个出版社实习。毕业后便留在了那里。

问题出在出版社又来了一个女孩，那个女孩叫班薇薇，和姚雁彦同岁，黄色短发，紫色眼影，银色指甲。班薇薇来的第三天，端杯咖啡把顾磊堵在茶水间，“嗨，帅哥，给你介绍个私活。”

顾磊一愣，关了水嘴，端着半杯水问：“什么？”

“私活，给一个老板写自传。”

“啊，这……”顾磊探头往外看。

“没人，你要愿意，中午楼下咖啡厅谈。”

中午顾磊和姚雁彦打过招呼去咖啡厅见班薇薇，俩人谈了一会儿约好晚上去见那个老板。

姚雁彦没反对顾磊去见老板，顾磊需要钱，老家的父母妹妹都巴望着顾磊毕业挣大钱呢。

顾磊晚上回来掏出一沓钱，举到姚雁彦眼前晃，“定金，两万块，半年交稿，再付两万！”

姚燕彦夺过钱，“臭美，去，洗澡去，浑身酒味！”挣钱是高兴事，可姚雁彦乐不起来。

姚雁彦越来越不快乐，顾磊似乎卖给了老板，下班后不是采访就是和老板谈稿，回家后便写，一直写到上床睡觉。姚雁彦不悦，顾磊哄劝：“哎，就熬半年，半年挣四万。上哪儿找这么好的事！”

姚雁彦打电话和左茜诉苦，左茜说：“哼，半年，我看用不了半年，人就不属于你了！”

真让左茜说中了，四个月后的一个周六，顾磊一夜没回来。左茜反复打他手机，一直关机。一夜不回家的事最近发生过几次，但顾磊都来电话告知，说是和老板谈稿子，谈得很晚就住在那儿了。可这次？姚雁彦胡思乱想，快天亮才睡着。

阳光把窗户撑满时，姚雁彦被响声吵醒，扭头看到顾磊正猫着腰往拉杆箱里放衣服，心里明白了一切。姚雁彦没有流泪，默默起身，穿着睡衣坐在床沿上。

顾磊直起腰，转身面向姚雁彦说："我们分手吧，我这就搬走。"

姚雁彦说："谁？"

顾磊说："班薇薇，老板的女儿。"

姚雁彦心里一惊，班薇薇是老板的女儿？她什么都想到了，但唯独没有想到这点。姚雁彦惊讶班薇薇的城府，惊讶眼前这个男人的另一面，她在迅速长大，隐藏起惊讶，说："好，祝贺你！"姚雁彦起身从抽屉里拿出那沓两万块钱扔给顾磊，"钱你拿走！"

"这，好吧！"顾磊把钱塞进衣兜。

姚雁彦笑了，嘲讽的笑挂在嘴边。那沓钱是她在试顾磊，这个男人让她彻底看清了！

让姚雁彦没想到的是，星期一早上出版社同事看她的眼神。那眼神告诉她，同事们和她同时知道了顾磊的事。立马离开，从此不再见顾磊以及这里的一切！

左茜，只有左茜是姚雁彦当时唯一可以袒露伤口的人。

姚雁彦说："真没想到他会那么绝决，他就不怕他走后，我从楼上跳下去。"

左茜说："他，他早把你看透了，你就不是个偏激的人！算了，这种人渣，早分早好，没有班薇薇还会有李薇薇，王薇薇，让他跟那些贱人偎偎去吧！"

左茜陪着姚雁彦找房搬完家，就建议她去溪澜宾馆前厅部工作。

姚雁彦说："我没在饭店干过，行吗？"

左茜说，"行，少说话，看两天就会了。再说我和人事部经理关系好，我介绍你，她绝对关照。"

姚雁彦在溪澜宾馆前厅部文秘岗位干了一年就做了领班，两年后升到主管。

顾磊的离弃对姚雁彦的打击是粉碎性的，它让姚雁彦的性格及对男人的看法彻底翻转。

姚雁彦不再相信贫贱的出身会有好男人，"一个男人穷到天天掰着手指头算计买什么衣服，吃什么菜省钱时，怎能挺直腰板昂着头做人。钱财可以，钱财可以让男人骄傲，可以滋养一颗高贵淡雅的灵魂！"姚雁彦的性格也变得冷漠，孤僻，事事设防，不爱说话了。只有在左茜面前才会无所顾忌，胡言乱语地疯说傻笑。

姚雁彦接触过几个有钱的男人后，变得更迷茫了，"个个都像个暴发户，像用铜钱堆砌的土财主，粗糙狂傲。"直到碰到鲍平建，姚雁彦的心活了。

"男人还有这款！"姚雁彦对左茜说。

"嘿，你莫不是爱上了？"左茜笑问。

"爱上，瞎说，我只是好奇。"姚雁彦也笑。

"好好把握，那可是一枚货真价实的裸钻！"左茜怪笑。

三

杨展开完晨会，回工程部跟三个主管安排完事情，喝口水，去卫生间抽了支烟，便坐电梯直接去了8018鲍平建办公室。

鲍平建听了杨展对晨会上客房部、餐饮部提出问题的解决方案，说：“大功率的疏通机要买，4001房间过道顶棚可以先放一个小桶接水，但一定要掐算好时间，派人专门盯着，定时倒水。不要影响客人休息。洗碗机？先按你们的方法办。饭店经营了7年是该考虑重新装修改造了，但现在还不是时候，先放放。你们先把东配楼的设备排查一下，水暖、空调、特别是牵扯到安全方面的门窗、电路等问题。尽快写一个报告给我，该修的修，该换的换。”

不知为什么，杨展在鲍平建面前总感觉有些紧张，他和鲍平建在8018房间聊了一个多小时，出来时额头冒着汗，手心有些潮。

杨展抹了抹额头，迟疑了一下，走进8016房间。杨展跟办公室两个女孩说笑着，往总办主任房间探探头，转了一圈便离开了。

杨展在找姚雁彦，姚雁彦最近总躲他，打电话不爱接，发短信不回，晨会上又一脸不屑，让他又气又急。

杨展和姚雁彦好了4年，他们的相识极具喜剧性。

那天，杨展下班开车回家，车刚驶出宾馆，雨就下了起来，路上行人嘈杂，有的忙着撑伞，有的开始奔跑，有的急忙找地方躲避。杨展只好放慢速度行驶。

姚雁彦就是在那个时候闯进杨展眼帘的，一袭白裙，手举着紫色手包遮在头顶，脚步匆忙但不奔跑。雨刷来回摆动，雨雾中白裙女孩孤单凄凉。杨展透过挡风玻璃认出女孩是前厅部新来的文秘。

杨展把车停在姚雁彦身边，探身召唤：“上来，我送你！”姚雁彦愣了一下，拉门，坐进车里。“谢谢杨经理，我到地铁。”

“你住哪儿？顺路我送你。”

“不，我住西面，不顺路。”

“谁说不顺路，我也住西面。”杨展“扑哧”笑了。姚雁彦也笑了，但她还是坚持让杨展把车停在地铁车站旁边。

姚雁彦推开车门要下车时被杨展叫住，“嘿，拿着！”姚雁彦接过杨展递过的伞，心里一动。

姚雁彦下车走后，杨展哼着歌开车回家。

杨展对姚雁彦的感觉很特殊，以前从来没有过。那种感觉让他夜里睡不着，恨不得立马见到姚雁彦，哪怕不说话，只是见见。

杨展是本市人，大专毕业后到一家饭店当电工。没办法，大学毕业都不包分配，他一个学机电的大专生能在四星级饭店有个工作已经不错了。但杨展不甘心，他后来又考了音响师、空调本。十来年，水、电、音响、空调，他干了个遍，换了几家饭店，他从领班、主管、副经理，一直干到经理。工程部基本都是男人，他成天跟哥们儿混，28 岁才着急婚事，经邻居介绍和一个名叫韩娟的卖服装的女孩认识，很快结婚生子完成人生大事。

第二天姚雁彦去杨展办公室还伞，杨展的表现让姚雁彦偷笑：“哼，这样一个大男人竟会紧张！”杨展真诚爽快，不胖不瘦，体高，面白，不招女人讨厌；姚雁彦刚到溪澜饭店，孤单寂寞，一来二去俩人就好上了。

杨展坠入了情网。那一刻，哪怕是姚雁彦提出结婚，他也会和老婆离，娶姚雁彦。姚雁彦腰身纤细，肌肤像瓷一样白，眼睛里含着一汪水，水的深处藏着杨展未知的东西。杨展迷恋着姚雁彦的身体，像火焰燃烧，难以自制。

几个月以后，杨展才清醒了些，他发现姚雁彦并不那么爱他，姚雁彦爱有钱的男人。可爱如同吸鸦片，尝到了便不肯放弃，鸦片是否纯净，已不再重要，能抓到手就行。

杨展为了把姚雁彦抓在手，努力把自己装扮成有钱人，穿名牌，送礼物，带姚雁彦到大饭店吃饭。然而这一切都需要钱，杨展就拼命捞钱。为了给姚雁彦买一个碧玉手镯，杨展不惜向建材城郭老板借了六万块钱。

杨展知道姚雁彦在和她好的同时还和两个富商交往过，他们还为此争吵过，姚雁彦说："我想结婚，想有个家！"杨展说："谁反对你结婚了，但结婚你也找个像样的。找个胖老头？没脖子！"姚雁彦急了："没脖子怎么了，没脖子，有钱！懂吗？有钱，有钱！"

杨展和姚雁彦打着闹着，走过四年多。姚雁彦做了鲍平建秘书后提出分手，杨展不同意，姚雁彦便采取冷战。

今天晨会姚雁彦光彩四射地步入 6 号会议室时，杨展又春心荡漾。可姚雁彦那一脸不屑的样子，实在叫人生气！杨展想着，掏出手机走到消防梯拐角给姚雁彦打电话。电话还真通了，杨展说："我要见你，马上！"

姚雁彦说："好，十分钟后，地下二层，我休息室见。"说完关了手机。

左茜抬起头问姚燕彦："杨展？"

姚雁彦点头，"对！"

左茜坐直，两手撑着桌沿，又松开，把手放到桌面，手指敲着桌子说："该了断了！"

姚雁彦起身说："对，马上！"

左茜说："按说，杨展人不错，就算有家室，也……"她晃着头，手在桌面上打着拍子，斜眼瞟着往门口走的姚雁彦说："关键是您口味变了！"

"讨厌，你站在哪边？"姚雁彦奔过去，隔着桌子拍打左茜。

左茜笑着躲闪："在你这边，在你这边！"

姚雁彦回到负二层休息室留着门等杨展。姚雁彦是有准备的，她断定，杨展在办公室找不到她，准会打手机找她，约她见面。她正好跟他彻底了断。

杨展阴着脸走进屋，坐到沙发上不说话。

姚雁彦关紧门，从桌上拿起一个纸袋递给杨展说：“给，以后别再找我了！”

杨展推着纸袋，说：“什么意思？这，这是什么？”

姚雁彦说：“你送我的东西，项链，手镯……都在里面。”

杨展问：“你什么意思？”

姚雁彦说：“了断，从此互不相干！”

杨展站起身，“了断，五年的感情，我付出了多少？就这么简单？”

姚雁彦把纸袋扔回桌上说：“你想怎么样？”

杨展怒瞪双眼：“怎么样，说清楚，为什么要了断！嗯，你又看上谁了？哪个有钱的老头？”

姚雁彦没说话，双手抱肩，扭头瞟着房顶的一角。

杨展伸手拽姚雁彦，“说啊！”

姚雁彦甩开杨展的手，“跟钱没关系！”

杨展斜一眼姚雁彦，“没关系，能跟钱没关系？我还不了解你，拜金女！”

姚雁彦愤怒：“你到底想干吗？难道你找我就是要侮辱我！”

“我，算了，我不想谈了！”杨展转身要走，姚雁彦拉住他：“哎，把这个拿走。”

杨展推开纸袋，“先放着，我得赶紧去一趟建材城！”开门离去。

“又去建材城，早晚出事。”姚雁彦嘟囔着坐在椅子上。她已经不是当初的姚雁彦了，她早看出了杨展捞钱的猫腻，之所以不点破，一是怕杨展难堪，二是怕将来出事牵扯到自己。

杨展离开姚雁彦急忙往建材城赶，他要赶快进一台疏通机解决6012的问题。

四

姚雁彦刚要进办公室，手机响了。姚雁彦看电话是左茜打的，便往回走，走到楼道拐角接电话。

左茜说："谈完了？"

姚雁彦回："谈完了。"

左茜问："真的了断了，杨展没闹？"

姚雁彦回："嗯。"

左茜说："那太好了，你知道吗？我一个客户刚来电话，要我给他外甥介绍一个女朋友。他外甥，富二代，青年才俊，见个面吧，我一会儿把照片发你……"

"不，不，你别发我，我不见！"

"怎么了？不是了断了吗？还是又钓上一个？"

"没有，见面再说。"

"那好，见面再说。不过我要马上出去，约一个客户吃饭，下午可能回不来。明天吧，明天你跟我说清楚！"

"哎呀，你走吧，我一上午还没去办公室照面呢！"

"好，好，你赶紧照面，我走了！"

姚雁彦进了办公室，看见古粉宁向她使眼色，古粉宁指指里屋总办主任室说："主任找你。"

姚雁彦走进里屋，总办主任递给她一沓材料说："鲍总让你整理一下，写个概要，尽快交给他。"

"好，我这就弄。"姚雁彦拿着材料从总办主任室出来坐到自己桌前打开电脑，古粉宁跟过去小声说："雁姐姐，鲍总刚才来了，好像找你。"

姚雁彦说："谢谢啊，我先整理文件，整理完去见他。"

"哎哟，还整理什么，你看几点了，吃饭去吧！"古粉宁摇着姚雁彦。

姚雁彦抬头看看表，说："十一点四十，好，先吃饭去！"关了电脑，起身和古粉宁往外走。

姚雁彦和古粉宁在职工餐厅吃完饭，谎称自己头疼，躲到负二层小屋睡了一会儿，便回到办公室整理材料，近四点钟才把材料整理完，随后她拿着材料走进鲍平建办公室，见鲍平建和林义辉聊得正欢，冲他俩笑笑，把材料放到鲍平建桌上，转身退了出去。

姚燕彦关门离去的那一刻鲍平建愣了一下。只一天时间，鲍平建对姚雁彦的看法便有了飞速发展。他原本想等等，等姚雁彦找他谈昨晚的事，哭着要他负责；或精明些，换一种姿态，跟他说很爱他，可以不要婚姻，只要保持关系就行；或更精明些，什么都不提，只是往他身边凑，暗示他眼前这个安静美丽的女人已经是他的人了。然而他白等了一天。

鲍平建迷惑了，这个女孩还真独特。他甚至怀疑，姚雁彦平日就是晨会时走进 6 号会议的样子。他那时心里一震是爱上了她。"不管爱不爱，昔日的一切已经了断，这个女孩可以交往。"鲍平建想着拿过手机。

姚雁彦微蹙眉头，攥着手机往职工餐厅走时，鲍平建发来短信，"六点在车库等我，我们去外面吃饭。"姚雁彦笑了，扭头往回走，一下撞到林义辉身上。"嘿，姚秘书，捡元宝了？"林义辉急往后退，扶住姚雁彦。

“啊，林经理，我电脑没关。您怎么，在这吃？”姚雁彦有些尴尬。

“嗨，我今晚总值！没关就没关呗，先吃饭。”

“不了，关上放心！”

姚雁彦走到电梯厅，两部电梯都在上行，她看看后面没人，拐到消防梯，走去负二层。

姚雁彦回到小屋，洗漱化妆，把盘在脑后的长发散开，换上一件黑色低领无袖背心，一条白色亚麻长裙，一双白色平跟皮鞋，在穿衣镜前反复照。姚雁彦一米六七身高，一百零三体重，这样打扮使她显得冰肌玉骨淡雅飘逸。姚雁彦在穿衣镜前挤眉弄眼照了好一会儿才感到满意，拿了包，锁好门，去了停车场。

鲍平建坐在车里，看见姚雁彦走进车场，颤了一下，“叶溪，姚雁彦太像年轻时的叶溪了！”脸上掠过凄凉。

鲍平建定的包间不大，很有情调。红木家具，错落有致的圆形琉璃吊灯，靠北的一面墙，整扇日式大玻璃窗与庭院相连，此时夕阳刚好，草木，奇石，流水，泛着橘光。

鲍平建和姚雁彦临窗而坐，边吃边聊。姚雁彦讲她小时候，讲她赤着脚在海边沙滩上奔跑，讲她读过的书和书中的人物。鲍平建谈他的家庭，谈他在监狱的经历。

经过昨晚，鲍平建在姚雁彦面前已经没有什么秘密，甚至可以说姚雁彦成了至今为止世界上最了解他的人。鲍平建太需要出口了，一旦开了点缝，即使他想憋着，也会情不自禁地倾诉。他不想在姚雁彦面前一览无余，他想刹车，但有些刹不住。

鲍平建起身开灯，屋里变得明亮，灯光在红木茶几、桌椅、盆景上流过，汇入庭院的夜色。鲍平建开始和姚雁彦谈文学。

姚雁彦惊讶：“你读过那么多书？”

鲍平建说：“我喜欢文学，年轻时一个朋友家里有很多书，就经常借来读。”

姚雁彦是个聪明人，她知道鲍平建说的朋友是叶溪，但鲍平建不提，她也不问，好像她从未知道还有叶溪这个女人。这让鲍平建舒服。

鲍平建没喝酒，今晚不能让姚雁彦开车，他要亲自接送身边这个女人。

吃过饭，鲍平建开车回溪澜宾馆。三十分钟后车进入溪澜宾馆西门，绕过喷泉花园直接停在宾馆主楼后门。鲍平建对姚雁彦说：“我去负一层停车，早点休息，明天见！”

姚雁彦眼睛湿了，这是鲍平建的方式，鲍平建表明了态度！

这个夜晚对鲍平建和姚雁彦都是一个不眠夜。俩人都是人精，不用直说，都明白对方的意思，明白今晚这个饭局的意义。

第四章

一

叶溪一觉睡到天亮，揉揉眼，起床，去厨房弄早点。

叶溪妈 5 年前跟叶溪小姨回印尼时走得匆忙，灶台上 5 年前的油渍吸了 5 年多的尘霾已经变成污垢，瓶、罐、锅盖、橱柜落满灰尘，连窗上的那片阳光也变得灰脏。叶溪随手拿起抹布擦窗户，她不想被这片陈旧淹没，她上午还要去两个地方面试。

叶溪把厨房弄干净，再看表已经七点半了，吃块面包，喝杯牛奶，去卫生间洗漱。

叶溪没化妆，只涂了点口红。她换上一件白色棉麻上衣配一条蓝底烟色碎花棉麻长裙，一双烟色平跟皮鞋，走出家门。

叶溪先去了离家较近的大华建材城，她应聘的昌茂公司在大华建材城东北角，紧临东门。叶溪九点半到了昌茂公司，办公室的一个女人瞟了她一眼说："郭老板刚出去，你等会儿吧！"

叶溪坐在女人斜对面的皮沙发上等了近一个小时，郭老板还没回来，不免有些着急，第二家面试单位约在十点半，再等就晚了。叶溪起身，笑着开口："麻烦您，郭老板回来，你给打声招呼，我改天再来。"

"好！"女人话落，一个精瘦男人推门进来。

男人扫视着叶溪，女人没等男人开口，说："面试的，等了一会儿了。"

"好好，请坐！"男人说着坐到沙发对面的老板台前。

叶溪坐回沙发，微笑着说："您是郭总吧？我叫叶溪。"

"好，好！"郭老板笑着点头。

叶溪说："我以前接触过灯具、电器方面的工作，我想应聘贵公司的……"她隐瞒了在深圳做电器、灯具生意的经历，只说自己以前接触过这方面的工作，是为了减少不必要的麻烦。

面试很顺利，郭老板见叶溪对工资待遇没什么异议后提出："你能否这两天就来公司上班，灯具部的小袁下月休产假。早来，可以让她多带你几天。"

叶溪回答："行，我今天还有点事要办，明天可以上班。"

郭老板说："那好，一言为定，明天我们等你。"说着起身送叶溪，他把叶溪送出门口，指着左侧一溜门店说："这排四间，卫浴、水暖五金、瓷砖、灯具，都是咱公司的！咱公司……"

叶溪笑着点头，"嗯，嗯"地应付郭老板。

叶溪和郭老板告辞后，走东门出了建材城。

"郭老板是个精明人，那女人？虽然郭老板没介绍，但女人和郭老板的关系不一般，以后要敬而远之……”叶溪边走边低头思索。

“叶溪！”

叶溪震了一下，猛抬头，曹伟利！对，那鬼叫似的声音就来自前面那个矮瘦猥琐的躯体！叶溪感到一阵森冷，即使是在这阳光普照的地方她仍然感到阴森寒冷，那魔窟似的小屋，那怪笑着的厉鬼又向她扑来，她感到了下体撕裂般的疼痛。不，她不能再怕他。叶溪立刻稳住情绪，像没看到曹伟利人一样，从他身边走过。

“嘿！”曹伟利急了，“你站住！”曹伟利不能忍受叶溪的不屑，伸手拽住叶溪。

“撒手，你想干吗！”叶溪鄙视地看着曹伟利。

“干吗，你忘了我手上的东西！”曹伟利脸部肌肉抽搐，推搡叶溪。

“放开我！”

“不放，来劲了你！”

此刻，杨展正往这边走，他看到二人撕扯，疾走两步奔过来，冲曹伟利大喊一声：“住手！”曹伟利和叶溪一惊，同时松了手。

曹伟利看了杨展一眼，扭头便走，走到前面的夏利车旁，拉开车门钻了进去。

杨展看着夏利车开走，扭头看叶溪，问：“没事吧？”

叶溪笑笑，说：“没事，谢谢您！”

杨展问：“怎么回事？认识？”

叶溪摇头：“不。”又改口：“啊，认识！”

杨展笑了：“你看你，吓糊涂了，到底是认识还是不认识呢？”

叶溪说：“以前认识！嗯……”

杨展说：“算了，你不愿说，我也不问，我还有事，再见！”说完扭头往建材城走，心想：“这个女人气质高雅，和那个贼眉鼠眼的男人就不是一个层次，他俩怎么会当街撕扯呢？而且还是熟人！那男人是她的前夫？或是她的兄弟？不，不会！”杨展笑了，自己这是怎么了，和姚燕彦一身官司还没扯清，竟为一个不知姓名，毫不相干的女人劳心费力的。

叶溪望着杨展的背影若有所思：“这个男人俊朗爽快，像极了年轻时的鲍平建，与鲍平建相比他少了些霸气，少了些……”叶溪转身往车站走，边走边想：“这个男人是干什么的，姓甚名谁？我可真是糊涂啊，人家帮了我，我都没问问人家姓名。”叶溪自嘲地笑了，抬手看了下表，“快十二点了，先回家吧，回家吃点东西，睡一会儿，再去看给博儿联系的几个学校。还有二十几天就该开学了，选一个好的学校，办完转学手续，也该叫博儿回来了。”

叶溪坐 958 路公交车回到家，胡乱弄了点吃的，吃完躺到床上怎么也睡不着，曹伟利扭曲的面孔总在她眼前晃悠。她没想到会这么快见到曹伟利，更没想到曹伟利会变成这副模样，曹伟利本来就矮瘦，现在又长了白发，黑白混杂的头发竖在头上，配一张猪肝色的窄条脸，穿一件灰了吧唧的背心，背心是老头衫？还是……？叶溪想不起来曹伟利穿的是什么样式的背心了，她当时太紧张，但她还是努力地想，她想分析出曹伟利的现状，以便更好地对付曹伟利。

叶溪回来前就下了决心，查出 17 年前那件事情的真相。叶溪认为蒋毅为那件事一直沉浸在懊悔中，懊悔使他郁闷压抑才得了肝癌，最后在懊悔中死去。查出真相不只是为了蒋毅，更是为了博儿，虽然一切都成为了历史，鲍平建为此坐的牢，她和蒋毅为此经历过的煎熬都不能更改，但还有博儿，为了博儿，她要为鲍平建洗刷冤屈，消除鲍平建对蒋毅的误会。凭她对鲍平建的了解，在没有查出真相之前，她和鲍平建一提蒋毅，鲍平建就会暴跳如雷的。

蒋毅生前不止一次地跟叶溪谈起他的疑惑。

一个阴雨天，叶溪和蒋毅坐在窗前又聊起了往事，蒋毅说："鲍平建绝不会偷铜排，他始终也没有承认偷铜排。那铜排是谁放到车上的呢？曹伟利，从种种迹象分析都像是曹伟利干的，可不应该呀，曹伟利没理由害鲍平建啊！"

"他还要理由，他就是只狼，一个有着阴暗扭曲内心的恶狼！"叶溪当时脱口而出。

"你怎么这么说？"蒋毅看着叶溪。

"嗨，我只是感觉。"叶溪忙掩饰。

"我也有过同样的感觉，一直没说，我记得他有几次看鲍哥的眼神，恨中带着凶狠，当时觉得奇怪，疑问一闪便过了。鲍哥出事后，我又想了起来。莫不是他们之间有过什么过节？"蒋毅说完看着叶溪。

"有什么过节，我从来没听说过，曹伟利点头哈腰地一直跟在鲍平建屁股后面，我也没拿他当回事。"叶溪那时一惊，好像突然悟到了什么，还没深想，就被蒋毅的话岔过去了。

现在叶溪躺在床上，想起她和蒋毅当时的分析，似乎找到了曹伟利害鲍平建的理由。可事情要真是曹伟利干的，只有接触曹伟利，才能从他身上找到突破口。

"曹伟利就是只卑鄙的狼，要战胜他，就要比狼凶狠，比狼还狡猾。"叶溪回来前就想好了，可刚才突然碰到他还是惊慌、想逃。但下次不会了，下次再碰上曹伟利，她会主动出击。

曹伟利手里有她的裸照，这是曹伟利当时说的，她并没有见到，这需要弄清。弄清了，有，怎么办？怎么样才能让曹伟利不必再用那些照片恐吓她？曹伟利怕什么？怎样做能让曹伟利露出破绽？叶溪盯着屋顶细细想着，她在设计着一场战斗，她一定要胜。

二

曹伟利开着夏利车行驶了一百多米，右拐，又行驶了一百多米，车停在大江南饭庄前的空地，曹伟利从车里钻出来，四下看看，转身走进旁边的小面馆。

面馆很小，八张简易土白色长方形桌子分两排靠墙摆放，凳子和桌子同款，一样支着四条锈迹斑斑的细杆铁腿。曹伟利在犄角的一张桌子前坐定，要了四两炒饼，一碗鸡蛋汤，慢慢吃着。

曹伟利想让自己从刚才的情绪中平静下来，他没想到会遇见叶溪，更没想到会闯出那么一个男人。

“叶溪和蒋毅去深圳十多年了，怎么会突然回来？回来干吗？是偶尔还是常住？叶溪像是从建材城出来，她去建材城干吗？买建材，装修？那，很可能是要在北京常住。叶溪要真是在北京常住，麻烦就来了。不会吧？叶溪要真是买建材，怎么没跟着蒋毅？离婚了？现在这个社会说不准！”曹伟利越琢磨，疑问越多，脑袋越乱，“算了，兵来将挡水来土掩！”这条曹父常挂在嘴边的名言，总被他用作应付未知事件的法宝。“唉，还是先挣钱吧！家里的胖娘儿们，天天喊生活难，生活难！”曹伟利掏出钱，喊服务员结了账，起身走出面馆。

曹伟利蜷缩在夏利车的驾驶座上，半闭着眼等活。

曹伟利下岗后拉黑车多年了，逐渐有了自己的规律。他每天早晨六点二十在小区门口趴活儿，拉的人大都是上班的，送完人往回返，再趴一会儿，还会拉着活。八点半以后上班的人就很少了，所以他一般不往回返，卸了人就近趴活儿，这样省油省时间。

曹伟利趴活儿有些固定地点，大学附近、影院、饭店、大型商厦门口、建材城等。刚才碰到叶溪时就是刚送完一对到蓝光影院看电影的年轻人，拐了个弯把车停在大华建材城正门东侧的。

曹伟利小的时候虽然长得瘦弱但还算清秀，心地也纯净阳光。他很崇拜和他一般大，高大威猛爱打抱不平的鲍平建，总是跟在鲍平建屁股后面跑。鲍平建也拿他当最好的朋友，护着他，叫他跑跑颠颠地干些传递消息、招呼小伙伴什么的事。好朋友就不客套，甚至忘了照顾对方的感受，何况鲍平建只是个七八岁的孩子，不高兴了，想显示威风了就拿瘦弱胆小的曹伟利出气，踢一脚，戳一下脑门，骂两句软蛋，不可避免。时间长了，在曹伟利幼小的心里就造成了阴影，他变得惧怕鲍平建，不敢直视鲍平建，不敢在鲍平建面前挺胸抬头大声说话。但他依赖惯了鲍平建，羡慕鲍平建的蛮横、霸道。猫有猫道，鼠有鼠法，弱小聪明的曹伟利琢磨出一套自己的生存法则，传瞎话，告黑状，挑唆霸气耿直的鲍平建和别人争斗。

有人说性格决定命运；有人说命运改变性格；还有人说环境造就了性格从而影响了命运。就曹伟利而言，好像第三条更吻合他。曹伟利自卑、阴郁、蔫儿坏、狡诈性格的形成不能不说和鲍平建有很大的关系，这种性格决定了他为人处世的方式，造就了他命运的走向。

曹伟利上中学后就觉察出这一点，所以他怨恨鲍平建。可鲍平建没意识到这一点，他认为曹伟利是天生的小催巴儿料，还越变越猥琐，他逐渐地鄙视起曹伟利来。特别是他认识叶溪以后对曹伟利更加肆无忌惮了。曹伟利似乎成了他和叶溪的奴仆，供他挥来喝去。

大概就是在那个时候曹伟利对鲍平建的怨气变成了嫉恨。他嫉妒鲍平建征服了高傲美丽的叶溪。叶溪都不肯对他多看一眼，叶溪那种不屑一顾的表情，让他觉得自己很卑微，卑微地只配做她脚下的一粒尘土。所以曹伟利连叶溪一块恨。

曹伟利在鲍平建和叶溪面前越来越谦卑，跟谦卑一起疯涨的是嫉恨，嫉恨像野草一般肆意生长，充斥了每一根细胞，填满了他瘦小的躯体。

嫉恨像老鼠一点点嗑着曹伟利的心脏，难受得他很想走过去照着鲍平建“啪啪”两嘴巴子，然后大笑着扬长而去。可他只是夜里缩在床上想，白天照样低眉顺眼，想尽办法讨鲍平建欢心。

从小长到大，十多年的工夫，曹伟利把鲍平建分析透了，他知道鲍平建的脾气秉性，知道鲍平建渴望什么。曹伟利把蒋毅介绍给鲍平建是想得到鲍平建的欢心。可鲍平建和蒋毅做了朋友后，反而把他甩了，他成了一条流浪狗。

曹伟利不能忍受，不能忍受躲在暗处偷窥鲍平建、叶溪、蒋毅三人在春再来酒馆举杯畅饮时他被嫉妒之火烧烤的滋味。所以他要报复，要让他们仨尝尝他曹伟利的厉害。于是他跟踪他们，寻找报复的机会。

机会终于来了，那天晚上鲍平建和蒋毅都在电机厂值班，曹伟利在厂里溜达。

曹伟利在电机厂也算个人物，由于他表哥是公安局的一个科长，厂里的一些领导经常有求于他表哥，所以对他还是很照顾的。曹伟利懒散惯了无法胜任重要岗位，领导就在保卫科给他安排个闲差，他没事就各处转转，帮助保安大队划划考勤，查查岗。

那天晚上月色朦胧，9点多钟曹伟利溜达到料场，看见鲍平建往130车上装废料觉得奇怪便躲在树后观察。

鲍平建把车装满后回到值班室休息，他想等后半夜没人时把车开回家。躲在暗处的曹伟利看鲍平建走进值班室才走近车查看，一看便明白了，原来鲍平建想拉一车废钢材木料回去盖房，因为他前几天听鲍平建弟弟二平说过，鲍平建想在大屋前接出一间房结婚用，正为寻摸不到材料着急呢。于是曹伟利心生一计。

曹伟利后来独自回忆起那晚他偷偷撬开装有铜排库房的门、搬出40多条铜排藏在那车废料下面的情景时，除了感叹自己也是干大事的人外，还庆幸自己曾经背着鲍平建结交过一些偷鸡摸狗的坏小子，跟着他们学了一些溜门撬锁的技能。

那天曹伟利做完一切后，大汗淋漓，那不仅是累，主要是怕。但“既然干了就要干到底！”这也是他父亲的名言，这句名言让他在那件事情上越陷越深。

曹伟利大概十一点半回的保安大队，回去后说在厂区转了一圈，感觉料场有情况，一会儿带哥几个去看看，万一抓着个贼给他们请功。

保安大队的几个哥们儿都是农村来的临时工，听说有功可立，个个摩拳擦掌，齐声说听曹哥指挥！

曹伟利带着几个哥们儿快走到料场后门时看到一个人站在那里，曹伟利叫大家停下，看清是蒋毅后便迅速想出一箭双雕的计谋。他对众人说“看样子蒋干事也发现了问题，我们先躲起来，到时候配合蒋干事，有蒋干事领头请功更容易。

于是众人就躲了起来。当料场的门打开，车开出来，蒋毅刚一动，曹伟利一声令下众人冲了上去……

事后曹伟利首先向领导汇报，蒋干事截住车后他们冲了上去，有人在车下盘问，有人上车查找，他们在车上发现了藏匿的铜排……

曹伟利没想到事情会闹那么大，但既然开了头就要走下去，否则打蛇没打死，蛇缓过劲来会把他咬死。于是他表面上答应鲍家帮忙，暗地里却在表哥那儿使反劲。“也该鲍平建倒霉，赶上了严打。”曹伟利在心里常这么为自己开脱。

叶溪和蒋毅结婚给了曹伟利一个定心丸，也给了他又一个离间蒋毅和鲍平建的机会。曹伟利略施小计就把鲍平建跟蒋毅的仇坐实了，在他的挑唆下，他陪着二平去监狱探监时，二平才气愤地对鲍平建说："你看，刚两个月他俩就结婚了，蒋毅就是看上了叶溪才陷害你的！"

那以后曹伟利过了一段舒心日子，直到他发现叶溪生的儿子是鲍平建的种时，才感到事情还没完，他还得往下走。于是他又投入战斗，惊扰叶溪，给蒋毅制造事端。一切的一切他都躲在暗处，让叶溪和蒋毅感到迷蒙而诡秘，从而产生恐惧直至逃离北京。

叶溪和蒋毅离开北京，曹伟利的美好时光也随着到来，女儿降生，工作舒心，爸妈把房子过户给他后搬到姐姐家居住。命运向他展露出笑脸，他矮小的身躯似乎也变得高大起来，走路挺胸抬头甩着八字。

曹伟利的好日子截止在鲍平建出狱后。鲍平建刚出狱时找过曹伟利，俩人约在春再来酒馆喝酒。春再来酒馆是曹伟利特意选的，他就是要鲍平建触景生情，加深鲍平建的痛苦和仇恨。可让他没有想到的是鲍平建已经不是过去的鲍平建了，鲍平建变得深沉、冷峻，让他看不透。当他告诉鲍平建，蒋毅带着叶溪和儿子去了深圳，发了财，买了别墅汽车时，鲍平建并没有像他预测的那样暴跳如雷，而是淡淡一笑。那笑让他迷惑，随之便是恐惧，前所未有的恐惧压迫着他，使他努力挺着的腰背立马弯了下去，比以前还弯。

曹伟利恐惧得不敢见鲍平建又唯恐漏掉鲍平建的半点消息，于是他像一只惊恐的狗，去嗅有关鲍平建的一切——鲍平建到汽修厂打工……鲍平建认识了一个大老板，大老板很赏识他，把一个4S店交给他打理……鲍平建发了，买了一套别墅，买下一座宾馆……

曹伟利对听到的有关鲍平建的一切都不奇怪，他在看到鲍平建笑的那一刻就知道了，鲍平建做出什么都不奇怪！他只是感叹自己的命不好，命里就和鲍平建犯克，鲍平建越辉煌他就越倒霉。可不，鲍平建刚出狱，电机厂就改制，他被迫下岗。下岗后他在父母的帮助下买了辆夏利拉黑车。又过了几年电机厂被德国佬收购，她老婆韦晓嫚买断工龄回家。韦晓嫚回家后在超市找了份理货员的工作，天天累得贼死，天天叫喊生活难！

“生活难！生活难！难，你还吃这么胖？”曹伟利指着比他大两圈的韦晓嫚嚷。

当初结婚时曹伟利觉得韦晓嫚胖乎乎的挺富态，可现在他和韦晓嫚往两个相反的方向长，他越来越瘦小，韦晓嫚越来越肥硕，走在街上像耍猴的。所以他羞于和韦晓嫚同时出现在人面前。

生活给曹伟利唯一的光亮是女儿畅畅，他的脸只有在看到畅畅时才有了活气。为了畅畅他早出晚归拉黑车，他要攒钱供畅畅上大学，读研究生。

鲍平建发迹后让二平找过曹伟利，想让他到4S店去干，但他说什么也不去。他怕离鲍平建太近，一疏忽露出破绽，引起鲍平建的怀疑。

此刻，夏利车里的曹伟利正梳理着他和鲍平建的过往，他似乎看到了鲍平建愤怒冷峻的面孔，嗅到了死亡的气息，他禁不住哆嗦起来，“不，不能让叶溪接触到鲍平建，即使他们接触了也不能让叶溪说出我强暴她的事。凭鲍平建的智慧，他要是知道了我强暴叶溪的事，一定会查出我做过的一切！那我的小命就会……”

曹伟利掏出烟盒，抖着手抽出一根烟，点了两次才把烟点着，他深吸了一口烟，锁紧两道细眉想：“我手里有叶溪的把柄，可以恐吓她，可要是叶溪豁出去了怎么办？那我手中的把柄就成了双刃剑，就会……”

“咣，咣”，一个男人敲着车窗探头问：“喂，走吗？”

“走！”曹伟利从思绪中惊醒。

男人拉开车门坐到副驾座上说：“去丰台！”

“好！”曹伟利掐灭烟，开车驶入马路。

三

杨展进了建材城东门直接去了郭老板办公室，郭老板正坐在沙发上喝茶，看到杨展进来忙起身招呼："嘿，杨经理，来来！"

杨展左右看看说："蛮清闲嘛？季会计哪？"季会计就是接待叶溪的那个女人。

"去银行了。"郭老板指指沙发说，"坐坐，坐下聊。"说着坐回沙发。

杨展坐到郭老板身边说："拿个疏通机，大功率的，质量要好。"

郭老板想想说："550 型，六千多。"

杨展说："太贵了！"

郭老板说："德国货！"

杨展说："别糊弄我。"

郭老板说："还是国外的好用，要不换个牌子，五千多。"

杨展说："五千多，你少说也赚一千。"

郭老板笑了："给你记着。"

杨展叹口气说："记着吧，什么时候把欠你的账还完，我就轻松了！"

郭老板笑笑："说什么呢，你我还分那么清？"

杨展也笑，说："下午拿？"

郭老板说："我问问。"起身，掏出手机打电话，他和对方聊了一会儿挂了电话，对杨展说："下午不行，下午人家送不过来。"

杨展说："那好，最晚明天上午，我急着用……"

郭老板说："我的车去唐山了，明天上午回不来。"

杨展说："我明天自己来取。对了，过几天我还要进一批水暖、电器材料，东配楼大修。”

郭老板脸露欢喜说：“好说，走，我们先吃饭，吃饭时慢慢聊。”

杨展没有推辞起身跟着郭老板走出办公室，出建材城东门，去了斜对面的山西面馆。

大华建材城正门朝南，面临一条东西走向的马路，建材城西侧是新建的蓝光影院，东侧是一片楼房，楼房底层沿街全是店铺，旅店、网吧、美容、洗浴、饭店，一应俱全。山西面馆就在与建材城一路之隔的那排店铺中。

山西面馆老板姓蔡，北京人，请的大厨是山西人。郭老板经常去面馆吃家乡菜，一来二去便和蔡老板熟了。郭老板领着杨展走进山西面馆时，蔡老板刚送完客，看到他俩笑脸相迎：“呦，郭老板，杨经理，请，请！您还去 2 号包间？”

郭老板笑道：“2 号，2 号清静。”

“好，这边请！”蔡老板说着往 2 号包间领。

蔡老板是精明人，山西面馆不大，周围也没什么大单位，像郭老板这样在建材城经营的老板，和朋友小聚，与客户谈生意每月要有二十多次，所以他对郭老板比较留意，今天一看郭老板带着杨展来便知道是谈生意。他把郭老板二人领入 2 号包间，客套了几句就离去了。

酒菜上齐，包间门关上，郭老板和杨展边喝边聊，聊得很投机。

杨展和郭老板合作了很多年，对郭老板还算了解。

郭老板是山西乡下人，二十年前到北京建筑工地打工。郭老板机灵有点文化，在工地干了一年多小工后搭上一个水暖主管，他给水暖主管送了两条烟，几瓶酒后，被水暖主管招去做了水工，后来水暖主管做大了，自己揽了两个项目，就让他去管仓库。他管了三年仓库，认识了一些做水暖配件的业务员，有了些人脉，心眼也活泛了。于是辞了工，自己跑业务。几年后他积攒了些钱，便在建材城租了个小门脸卖水暖配件。

从小门脸到现在的昌茂公司，郭老板经营了十多年，头几年他吃了不少苦，摔了不少跤，更长了不少见识。

杨展理解郭老板，做生意就是为了赚钱，可当今社会没点手段，不采取些策略是赚不到大钱的。这里面的猫腻杨展在第一个饭店当工人时就知道，后来他做了领班、主管、经理，从刚开始尝到甜头到现在明着要回扣，一步步越陷越深。

夜深人静时，杨展想起这些也后怕过，但大家都这么干，也没见谁犯过事。只要把好质量关，不出事故，就没事。他和郭老板合作了这么多年，还是放心的。

郭老板、杨展二人在2号包间吃喝了一个多小时，直到季会计来电话说有个客户要和郭老板谈生意，他们才离去。

杨展回到宾馆工程部办公室，对坐在电脑前画图的水暖主管田智斌说："明天上午跟我去一趟建材城，提疏通机。"

田智斌问："你不开晨会了？"

杨展说："开，开完会我找你。还有，东侧楼要加紧排查，排查完汇总，写份东西。"

田智斌说："正查着呢，问题多了，好多东西都需要换。"

杨展说："别跟我说这些，什么问题？为什么要换？写清楚，一定要具体，我好向老总汇报。"

田智斌说："好，这星期能排查完，我加个班，汇总下星期一给你。"

杨展问："他俩哪？"

田智斌说："苟主管刚才还在；任主管去直燃机房了，二号机组有点问题。"

杨展说："我去直燃机房看看，一会儿苟主管回来你跟他说，叫他加紧排查东侧楼的电器。"

溪澜宾馆的中央空调系统是由直燃机房的两个直燃机组轮流工作提

供冷热源的，现在正是暑期，如果一个机组出了问题就会直接影响房间的制冷效果，所以杨展很着急。

杨展在直燃机房一直等到2号机组故障排除才离开。他回到办公室抽了支烟又开始忙工作，忙完工作看看表，早过了下班时间，便换下藏蓝色毛料西服工装向车场走去。

杨展走进车场时看到鲍平建正钻进奔驰200，他怕鲍平建看到他追问6012的问题，便退回几步，蹲下身假装系鞋带。过了几分钟他估摸着鲍平建开车走了，起身走进车场，没想到奔驰200还停在那里，还好他的车停在左面犄角与奔驰200相隔较远，他就低着头溜边钻进车里。“唉，我这是怎么了，竟憋屈到这份上！”杨展坐进车叹着气偷看奔驰200，奔驰200没动，好像在等人。

杨展挺懊悔，刚才就不该躲躲藏藏，弄得现在走也不是，不走也不是。杨展分析了一下，觉得鲍平建刚才没看见他，现在他坐在车里鲍平建更看不见了，那还是等等吧，等鲍平建走了再走。

杨展等了四五分钟，姚燕彦走进车场。姚燕彦走进车场的那一刻就吸住了杨展的眼球，他目送着姚燕彦坐进奔驰200，心被扎得生疼。

杨展不是傻瓜，姚燕彦那恬静淡雅的气质和平时对他的样子截然不同，这说明什么？说明了姚燕彦根本不把他放在眼里，姚燕彦看上了鲍平建，在钓鲍平建那条大鱼，说不准鱼已经钓上了，所以才急着和自己了断。可自己还……

让杨展心痛的是，即使现在他还爱姚燕彦。姚燕彦就像个妖精，一会儿高雅知性，一会儿冷静果敢，一会儿忧郁沉默，刚才又淡雅脱俗，像……杨展突然觉得姚燕彦很像中午遇到的那个女人，只是……杨展拍拍自己脑门，“怎么了这是，自己对那个女人一无所知，竟……”

叶溪在床上躺了半个多小时只顾想对付曹伟利的办法，没有一点睡意，索性起床收拾收拾去看学校。叶溪对三个学校进行了考察，问了入学的条件及转学的手续，回到家给蒋博打电话。

蒋博接到妈的电话很兴奋：“妈，你赶紧给我订票，越快越好。我回去好好准备，我想三个学校都去面试，面试都要过，然后我们再选学校！”

叶溪笑着说：“看你急的，我把你的情况都向他们介绍了，材料也让他们看了，没什么问题，面试主要是看看人。”

蒋博说：“那，你也快点订票吧，最好订后天的。”

叶溪说：“好，我一会儿就上网，订完票给你发微信。”

叶溪和儿子聊了一会儿，聊得很开心。

蒋博出生时很健康，胖乎乎的很爱笑，一岁多和叶溪夫妇去了深圳，可能是不适应深圳潮湿闷热的环境吧，蒋博到深圳后先起了一身红疹，随后便发烧。医生说是湿疹，涂抹、吃药、打针，治疗了一个多月，湿疹好了起，起了好，反反复复总是不断，身体就弱了下来，成天哭哭啼啼。蒋毅和叶溪很着急，带着蒋博去了几家大医院检查结果是免疫系统有问题，很难治愈。叶溪急得要命，情绪不稳定，蒋博哭闹时她便没了好脾气。小孩很有灵性，感觉到大人的烦闷便更加哭闹了。每逢遇到这种情况蒋毅就把孩子抱过来，哄着蒋博玩。说也怪，蒋博一到蒋毅怀里便不哭闹了。后来蒋毅辞了职，带着蒋博各处求医，折腾了一年多蒋博湿疹才痊愈，各项免疫指标也正常了。通过那场病，蒋博特别粘爸爸，叶溪索性便把培养教育蒋博的事情全推给了蒋毅，父子俩的感情越来也好，在蒋毅的教育下的蒋博不仅懂事，学习也好。

现在蒋博长成了一米七八的大个子，性格像蒋毅，长相像年轻时的鲍平建。“唉，这恩恩怨怨缠绕纠结，像上帝早就安排好的一般，谁又逃得过呢！”一想起这些叶溪内心便波涛汹涌般难以抑制。

第五章

一

第二天开完晨会，姚燕彦走出 6 号会议室，看到左茜在前面慢慢溜达，疾走几步赶了上去，“喂，干吗呢？”

“等你啊！”左茜笑着回答。

“干吗呀？”姚燕彦问。

“走，到我那儿聊聊。”左茜拉姚燕彦。

“我……”姚燕彦回头张望。

“走吧，到我那儿坐坐，鲍老板和那帮家伙得谈会儿呢，一时半会儿不会找你。”

“好，跟你走！你又不忙了？”

“忙，也不能不管你啊！”

左茜和姚燕彦边走边逗，绕过环廊嬉笑着从右侧的铁艺旋转楼梯下到二楼，去了左茜办公室。

姚燕彦进了屋，又是一番感慨：“唉，什么时候我也有这么一间办公室啊！”

“喂，说说吧！”左茜关上门，坐到沙发上看着趴在窗前的姚燕彦说。

“说什么？”姚燕彦转过身问。

“说你，为什么不见我给你介绍的男友，是不是钓上大鱼了？”

姚燕彦乐了：“钓什么？什么话从你嘴里出来都变味。”

“好，不说钓，是遇见，或交了，”左茜怪笑，“说吧！”

“嗯，”姚燕彦右手指支着下颏，左手从胸前环过托着右胳膊肘说，“鲍平建！”

“什么？鲍平建！”左茜睁大眼睛。

“嗯。”姚燕彦点头。

“真有你的！”左茜大喜，“说说，到什么程度了。”

“嗯……”姚燕彦琢磨着说，“昨天刚有那个意思。”

“什么意思，他向你表白了？”左茜问。

“没明着说，但他昨晚特意请我吃饭。那意思是……”姚燕彦放下两手，“嗨，我不会形容，他那个人做事，你应该清楚。”

“我清楚？”左茜“扑哧”笑了。

“嗨，”姚燕彦也笑了，“我说的不是那个意思，我说的是咱们都了解，他那个人办事沉稳，话稀！”

“算了，我不问了，你都颠三倒四了，看来是真的。”左茜坏笑，“先有了实质性接触，才承诺和你交往？”

“嗯，不，没承诺什么。”姚燕彦点头又摇头，现出尴尬。

“算了，你是没救了！”左茜靠到沙发上，双手抱在胸前看着姚燕彦笑，“不过，鲍平建还真值得你这么痴迷。可杨展……”左茜离开沙发往办公桌走：“杨展要是知道了肯定会……”左茜停住脚，侧头对姚燕彦说：“嗯，杨展那边你要赶紧断，那愣头青是个情种，小心他给你搅黄了。”

姚燕彦若有所思，说：“不跟你聊了，我得赶紧回去。”

左茜大笑：“回去吧，回去看着你的钻石王老五！”

姚燕彦走出左茜办公室去负二层找杨展。

姚燕彦走出电梯，走过狭长的楼道，往工程部办公室走，路过水泵机房时往里面瞟了一眼，看见杨展背对着她和众人谈话，便停下脚步。

机房的噪音很大，姚燕彦微皱眉头站在机房门口。站在杨展对面的田智斌向杨展使了个眼色，杨展回头看见姚燕彦一脸不悦，和田智斌交代了几句，走出机房。

杨展走出机房，领着姚燕彦往右走，拐进工程部库房侧面的墙角站定，问：“什么事，快说！”

姚燕彦说：“找个地方聊聊。”

杨展说：“没空，热水泵有故障，正在处理。”

姚燕彦说：“那，过一会儿，过一会儿到我那儿聊。”

杨展说：“过一会儿也没空，过一会儿我要去建材城。”

姚燕彦急了：“去吧，不过我提醒你，适可而止！小心陷深了，出不来！”

“嘿，你什么意思？”

“没什么意思，你懂！”姚燕彦说完，转身就走。

“你……”

杨展望着姚燕彦的背影想骂人，昨晚他在停车场看到姚燕彦坐着奔驰200离去时就气得憋闷了一宿，现在又让姚燕彦这么一噎，像在胸口堵了一堆碎玻璃碴，又疼又闷。可他还得忍着疼，即使这里是他的地盘，他也要忍着。

杨展平静了一会儿走回水泵房，田智斌向他汇报："备用的热水泵换完了，现在工作正常。"

杨展说："好，坏的那台泵抓紧修，赶紧跟我去趟建材城。"

二

杨展把黑色大众停在大华建材城东门，他和田智斌从车上下来，一同进了建材城，往郭老板办公室走。

郭老板看到杨展二人进门，笑着打招呼："哦，杨经理，田主管，请坐！请坐！"

杨展侧了下身说："田主管跟来验验货。"走在后面的田智斌笑道："郭老板好！"

"好，好，田主管好！"郭老板笑着回答。

杨展、田智斌、郭老板三人聊了一会儿闲话，季会计走了进来。季会计笑道："杨经理来了，你们喝点啥？"

没等杨展开口，郭老板接话："龙井，给他们沏浙江李老板送的龙井。"说完转头对杨展说："你尝尝，真正的西湖龙井！"

"好！"杨展点头。田智斌迎合："郭老板也知道我们杨经理喜欢喝龙井哈！"

郭老板堆着笑说："知道，知道。"

季会计沏茶倒水，忙完退了出去。

屋里仨人喝着茶聊了一会儿，杨展说：“看看疏通机吧，拿了还得赶紧回去，宾馆等着用呢。”

郭老板说：“好，在五金那边，走！”于是三人起身，走出办公室，往水暖五金店走。

三人路过灯具店时，杨展往里瞟了一眼。杨展看到叶溪站在里面，一愣，回头问郭老板：“来新人了？”

郭老板回：“嗯，小袁急着回家生孩子，我昨天又招了一个。”

杨展念叨：“我说呢。”

郭老板没听清杨展说什么，嬉笑道：“杨经理很有品味，那个女人很有气质！”

杨展解释：“啊，不，我昨天在门口遇到过她，她正被一个男人纠缠，被我劝开了。”

郭老板点头：“嗯，原来是这么回事，有缘，有缘！”

三个人走进水暖五金店，郭老板让人拿过疏通机，拆开包装，田智斌看过说明，又查验了一番对杨展说：“不错！”

杨展说：“那好，我们先拿走，以后有问题再找他。”

郭老板笑道：“没问题，不好用找我！”

三个人拿了疏通机往回走，再次路过灯具店时，杨展说，你们先回去，我进去打个招呼。

“好！”“好！”郭老板和田智斌点头应和后继续往前走，走回办公室。

叶溪已经看到了门口的杨展，她怕杨展提起昨天的事让同事听到，就走到没人的一角，看着杨展笑。

杨展走近叶溪，笑道：“你好，我叫杨展，没想到在这又碰到你了。”

叶溪笑着回："是啊，真巧！"

杨展说："我从这儿路过，看到你在里面，进来打个招呼。"

叶溪说："我叫叶溪，昨天刚应聘的。"

杨展看出叶溪不愿多聊，便说："那你忙，我单位也有事，以后聊。"

叶溪点头："好，以后聊！"

杨展回到郭老板办公室，郭老板开玩笑道："怎么，看上了，你可要小心，她刚死了丈夫，还有一个上高中的儿子！"

杨展诧异："她丈夫死了？"

郭老板说："是啊，她以前是幼儿园老师，十几年前和丈夫去深圳工作，丈夫得病死了，她才带着儿子回到北京，要不是急着找一份工作，也不会到我这个小庙屈就。"说着指指沙发，"坐！"

杨展说："不了，我俩得赶紧走！"

杨展、田智斌二人和郭老板告别，走出建材城。他俩走到大众车旁，杨展坐进驾驶座，田智斌把疏通机放进后备箱坐进副驾座，杨展开始倒车。

杨展突然从后视镜中看到昨天纠缠叶溪的那个男人，那个男人正站在后面不远处靠墙停着的夏利车旁东张西望，心想："这个男人怎么又来了，看他的样子一定是在寻找叶溪。"于是杨展对田智斌说："我忘了点事，你先开车回宾馆，回去后赶紧安排人疏通 6012 下水。"说完把钥匙扔给田智斌，拉开车门下车。

杨展下了车直奔灯具店。

叶溪看到杨展又回来了，有些奇怪，赶紧迎了过去，问："还没走？"

杨展说："走了，碰到个人又折了回来。"说着对叶溪使了个眼神，叶溪明白，回身对小袁说："袁师傅，我出去一会儿！"

小袁回："去吧，这儿有我和王姐呢！"

叶溪领着杨展走出门店。王姐对小袁挤挤眼说："嗳，漂亮女人真好，走哪儿都有男人追。"

小袁刮了王姐一眼，说："嫉妒了？"

"我嫉妒？"王姐指指自己的脸，"我年轻的时候也俊着呢，唉，岁月不饶人啊！"说完一脸惆怅。

叶溪领杨展走到僻静处问："怎么了？

杨展说："昨天纠缠你的那个男人又来了，好像在找你。"

叶溪愣了一下说："没事，他不知道我在这儿上班，我不出去，他找不到我。"说完又补充一句，"谢谢啊！"

杨展笑道："你客气了，我刚才在东门看到他，想打电话告诉你，一掏手机才想起，没你手机号。你给我个手机号吧，或加个微信，说不准我以后有事还要麻烦你。"

叶溪说："好，恐怕你麻烦不上我，都是我麻烦你。"叶溪掏出手机说："我的手机号是135xxxx1751，微信号就是手机号。"

杨展掏出手机拨打135xxxx1751，叶溪的手机响了，杨展说："好，挂了吧。"

叶溪刚回北京，在北京没有朋友，小时候她不喜欢交朋友，上中学后认识了鲍平建，一切都依赖鲍平建。所以她那时候也不需要交朋友。现在，叶溪很渴望有个朋友，并不是因为孤独——她喜欢孤独。可一个单身女人在社会上生存会遇到很多麻烦，有个朋友会踏实些。更何况她还要对付曹伟利，还要查找17年前的真相。从昨天见到杨展和今天这两次的接触，叶溪觉得杨展人品不错，那仗义劲儿有点像鲍平建，可以做朋友。所以她给了杨展电话号码。

叶溪看着杨展说："哪天有时间，我请你吃饭，答谢你的帮助。"

杨展笑了，说："好，小叶，答谢不用说，吃饭我很愿意，随叫随到！”

叶溪说：“别叫我小叶，我都四十多了，你一定比我小，你要是愿意，以后就叫我叶溪姐吧。”

杨展说：“还真是，我77年的，也奔四十了，那我以后就叫你叶溪姐了！”

叶溪笑道：“好，一言为定！我就不耽误你时间了，我们改天聊。”

杨展走出建材城时，脚步轻快，心里也敞亮多了。

叶溪中午没出去吃饭，请小袁帮她代买了一份凉面凑合了。叶溪怕遇见曹伟利，她猜不透曹伟利找她干什么，万一曹伟利疯狂至极在纠缠她时嚷嚷出那件事怎么办，曹伟利那条恶狼说不准，还是防着点好。

叶溪晚上下班时没碰到曹伟利，回到家，吃了饭，收拾收拾天就黑了。叶溪洗了澡，躺在床上给儿子打电话。

叶溪问蒋博：“怎么样，跟大伯、大伯母说了吗？”

蒋博说：“说了，大伯母说回吧，回去陪陪你妈，好好读书，明年放假再来！”

叶溪说：“那你就准备准备回来吧，16号那天早点走，到车站还得取票，留出取票时间。”

蒋博说：“知道，我又不是小孩。”

叶溪笑了：“不是小孩，你以为你多大了？多大我也得管你。”

“管吧，让你管个够，过两年我就上大学了，到时候你就管不着了！”蒋博说完哈哈大笑。笑声像极了鲍平建，叶溪有些恍惚。

“怎么了？妈，你怎么不说话了？生气了？”

“没，我有点累了。”

“那好，你早点休息吧，别急着收拾，回家后我帮你！”

“好，记着替我向你伯父、伯母问好，谢谢他们。”

“知道，我挂了！”

蒋博挂了电话，叶溪却平静不下来了，望着窗外清凉的月光发呆。

三

曹伟利在建材城转了三天也没碰到叶溪。他想：“可能是我判断错了？叶溪和蒋毅回来应该住叶溪妈家，他们出入要经过教工楼小区大门，我在那儿趴活儿才对。”于是他改变了策略。

叶溪五点半下班，回家时顺路去菜市场买了菜，快走到小区门口时发现大门右侧角落曹伟利斜倚在灰色的夏利车上冲她笑。此刻太阳刚从楼顶落下，隐没在阴影里的曹伟利笑得像鬼一样狰狞。

叶溪没有惊慌，迎着曹伟利走过去。曹伟利站直身子，脸变得僵硬。叶溪问：“你想干吗？”

曹伟利说：“想跟你聊聊。”

叶溪说：“你不是就想用那些照片恐吓我吗？把照片拿来，我想看看。”

曹伟利愕然：“你要看照片？”

叶溪说：“对啊，不看怎么知道，你到底有没有。”

曹伟利说：“行，我明天上午送一个人去外地，后天回来，后天这个时候我给你。”

叶溪想，后天不行，后天博儿回来。便说：“那明天早上，明天早上六点半还在这。”

“行！”曹伟利小眼斜着问叶溪，“你，你这次回来还走吗？蒋毅没和你回来？”

叶溪正等着曹伟利问呢，心想，还真像蒋毅分析的那样，曹伟利做贼心虚，怕我们留在北京，怕蒋毅怀疑他。于是说：“不走了，蒋毅走了，一个多月前得肝癌去世了。”

曹伟利一惊，随即窃喜，蒋毅死了，那17年前那晚发生的事，就只有老子说了算了！可是……等他缓过神来，叶溪已经走远。“呸！”他冲着叶溪的背影啐口吐沫，骂道：“都死了才好呢！”

第二天早上曹伟利准时出现了，他递给叶溪一个信封，“送给你了，反正我有的是。不过，只要你不说，那些东西就是一堆废纸！”

叶溪说：“我要是豁出去了呢？”

曹伟利阴笑着，“豁出去？你先回去看看！”叶溪没理他，扭头就走，身后传来曹伟利的怪笑声。

左茜很关心姚燕彦和鲍平建的进展，没事就打听他俩的情况。姚燕彦取笑她：“你都变成八卦婆了！”

“嘿，我八卦婆？”左茜指着自己的鼻子笑，“我是关心你，好容易找到一个中意郎君，抓紧点，赶紧把自己嫁了！”随后严肃起来，“嗯，杨展怎么样了？彻底断了？”

姚燕彦阴了脸：“彻底什么，他送我的那些东西还没还他。”

左茜说：“赶紧还啊！还了，叫他彻底死心。”

姚燕彦说：“上次还时，他没拿走，后来再找他，他就说忙，连聊聊都不肯，好像成心拖着。”

左茜说：“也是，东侧楼大修，大多是工程上的事，他是忙。不过，你还是要找他，赶紧和他了断。”

快下班时姚燕彦去工程部办公室找杨展。杨展因为工程上的事刚跟工人发完火，正独自一人闷头抽烟，看到姚燕彦推门进来问：“什么事？

说！”

姚燕彦看屋内没人说：“还你东西，我们好好谈谈，做个了断。”

杨展把烟掐灭说：“不就是断吗？至于那么急吗？三天两头地找！”

姚燕彦说：“你是不急，那边孩子老婆热炕头，这边还拽着我，可你想过我吗？我都……”

杨展说：“可我曾经想过离婚，是你不愿意。再说当初……”

姚燕彦说：“打住，别提当初，当初我觉得你真诚爽快，一表人才。”

杨展站起身，说：“现在怎么了？现在我就不是杨展了？还是你有了新欢，怕我搅了你的好事，急着跟我了断？”

姚燕彦说：“你少胡说八道，是你越来越让我失望，我才……”

“我胡说八道？”杨展怒睁双眼，“你跟鲍平建怎么回事？别以为别人都是瞎子！”

姚燕彦眼中闪过惊慌，瞬间恢复平静：“我和鲍平建怎么了？别说我们没事，就是有事，也很正常，他未婚我未嫁。”

“哼，正常，”杨展讥笑道，“他要没钱，你能看上他？你就是个拜金女，见到有钱人就扑！”

姚燕彦脸色通红：“我拜金？怎么了，我就拜金了！我看不上你这个穷光蛋了，拜拜！”说完甩门离去。

“拜金，拜金，你拜金当初就不该找我！”杨展在屋里反复走，肺都要气炸了。不行，他必须找个人说说，找谁呢？他哥们儿一大堆，随时都可以提领出来一个，喝酒聊天侃个通宵。但两个大老爷们聊这事？男人不像女人，女人之间可以分享私密甚至男女之间的情事细节。男人只是开开玩笑，一切都憋在心里，欣喜时偷着乐，痛苦时只有闷头品尝。

杨展跟姚燕彦好了六年，酸甜苦辣从没跟哥们儿说过。现在他快憋闷死了，必须找个人聊聊。“这事最好和生人聊，聊完，撒了气，拍拍屁股走人。可那是小说上的事，你要真信了，拽个人就聊，人非把你当成精神病不可。应该找个女人。”杨展突然醒悟，“坦露内心隐秘这种事最好找个不是老婆又不是情人的女人说，要不干吗那么多男人都爱找个红粉知己呢？叶溪！”杨展想到了叶溪，他拿起手机，拨通叶溪电话。

叶溪今天也很郁闷。早上她从曹伟利手中拿过信封塞进皮包就去上班，到了班上就忙，包里的照片像个刺猬让她坐立不安。她熬到十一点半，和小袁说：“我饿了，先去吃饭。”背着皮包去了旁边的肯德基。

叶溪在肯德基二楼犄角找了个座位，要了一杯冰咖啡，一个汉堡，吃了两口，看看周围没人关注她，从包里掏出信封……

叶溪看完照片，心沉沉的，一点东西都不想吃了。她茫然地望着窗外，耳边响着曹伟利的怪笑：“嘿嘿，豁出去？你先回去看看！”是啊，她豁出去又有什么用，全世界看了那些照片都会想是她勾引男人。她的笑容，她的媚态，她一丝不挂求欢的样子，没有丝毫被强暴的迹象。

“可恶的曹伟利，趁我大醉迷乱时拍了那些照片。那些照片，除了让人觉得我淫荡外，和他没有丝毫联系，怎么指正他？这要是让鲍平建看到？”叶溪一个下午都处在愤恨和懊悔中，那种懊悔和自责像一团塞在她嗓子眼渗过水的乱麻，一点点膨胀，越堵越严实，快把她憋死了。正在那个时候，杨展打来电话。

杨展说：“叶溪姐，你有空吗？我想请你吃饭。”

叶溪说：“别，我请你。我欠你一顿。”

杨说：“你那顿先欠着，我心里难受，想找个听众！”

叶溪说：“好，在哪儿？”她正憋得难受，也想找人聊聊。

杨展说：“在建材城东面的大江南吧，那里离你近，我大约二十分钟后到，到了我给你打电话。”

“好，我等你。”叶溪回答。

大江南饭庄是建材城附近最大的餐馆，上下两层，装修典雅大气。杨展和叶溪走进饭庄，上了二楼，在西南角选了一个座位坐下。

杨展问叶溪："喝点什么？"

叶溪说："我没什么酒量，主要是陪你，我喝点啤的，你随意。"

"那，你点菜。"杨展递过菜单。

"你点吧，我随便。"叶溪推回菜单。

"好，我点，我可不知道你的口味，点不好，你只能凑合了。"杨展笑着说。

酒菜上得很快。两扎啤酒，一瓶百年二锅头，一盘香椿苗，一盘红油肚片，一盘肉末芦笋，一盘火爆腰花，一盆水煮鱼，让叶溪直吐舌头，"干吗？你真想喝个一醉方休啊！"

杨展说："喝！叶溪姐，虽然我们刚认识，可我感觉像认识了很久似的。我们家三个男孩我是老二，从小就想有个姐姐，今天终于如愿了。来，为我有了姐姐干杯！"

叶溪笑着举杯，"好，你干，我慢慢喝。"

杨展说："慢慢喝，慢慢喝。"他喝完酒，夹了块腰花放到嘴里说："叶溪姐，那个男的最近又找你麻烦了？"

叶溪说："找了一次，嗯，先不说我，说说你吧，你不是要我当听众吗？怎么了？"

"唉，"杨展往后一靠，又坐直，端起桌上的酒杯一口灌下去说，"也怪我，当初就不该和她好，可不知怎么当初就跟鬼迷心窍似的……我们打打闹闹好了五年多，本以为就这样下去了可她却提出了断，断就断吧，我也不能耽误她，关键是她做得太绝，让我特没面子，感觉自己太失败！"

叶溪把杨展的酒杯倒满说："想开点，没有不散的酒席。"

“可她，”杨展抓住叶溪的手说，“她竟跟一个大她14岁的男人好了，就因为那个男人有钱。她还羞辱我说我是个穷光蛋，我没出息！你说，我……”杨展情绪激动，两眼盯着叶溪，紧紧抓住她的手。

此刻左茜就躲在离他们不远处的屏风后面，给他们拍了特写。左茜下班前接到老公电话，老公说外地来个朋友请吃饭，让她一块去，她说好啊，干脆去大江南吧，那里的老板我熟，菜品也好。老公便答应了，叫她订包间。

左茜订的包间在二楼东南面。左茜陪着客人往包间走的时候正好瞟到杨展的背影，她坐在包间里总是狐疑那个男人是不是杨展？他和坐在对面的漂亮女人又是什么关系？于是她借着上卫生间的机会想看个究竟。

左茜拍完照片很兴奋，回到包间就把照片给姚燕彦发了过去。

四

吃过中饭鲍平建邀姚燕彦在办公室下棋。上午开晨会时客房部林义辉和杨展为了东配楼检修的事吵得不可开交，让他很烦闷，他想和姚燕彦下几盘棋纾解一下心情。棋刚下了两盘，二平媳妇来电话，说鲍父前天住了医院，今天上午检查结果出来了，医生说情况不好，需要跟家人商量。

鲍平建母亲十年前突发心脏病去世，当时鲍平建在牢里，不能见母亲最后一面成了他心中永远的痛。他出狱后二平流着泪向他诉说母亲临走时对他的牵挂，那一刻他发誓对母亲的亏欠一定要在父亲身上弥补。

鲍平建有钱后在枫栌香郡买了别墅想接父亲和二平一家去住，父亲说什么也不去，父亲说我喜欢这个地方，喜欢冬天坐在超市门口的台阶上晒太阳聊天，喜欢夏天坐在楼下的树荫里和老哥们儿下棋。

鲍平建当时乐了，说："好，你喜欢这地方，咱就不搬！"

鲍平建对二平和二平媳妇说："爸不愿意搬，咱就都不搬，我给爸请个保姆。"

二平媳妇指指四周说："这么丁大点地方，还请保姆，保姆住哪？"

鲍平建说："咱再买一套，就在旁边买，你们三口搬过去住，随时过来照看照看爸。"

鲍平建说买就买，他立马去和旁边的邻居谈，左面的邻居是一对年轻夫妇，正想卖掉旧居换一套更豁亮的楼房呢，听说鲍平建要以高出市场价三分之一的价格买下这套两居室，很痛快地答应了。

鲍父后来从二平媳妇口中知道了高价买房的事，心里知道是儿子孝心，嘴上还是骂鲍平建烧包，有钱撑的。

鲍平建很快办理完买房手续，然后请人装修了两套房，请了保姆，他还让二平去4s店当总经理，给二平配备了最好的团队，又给停薪留职的二平媳妇开一份工资，以便二平媳妇安心在家照顾父亲，料理家务。

鲍父心疼儿子，他对鲍平建说："你别老想着我们，你也要想想自己，找个女人成个家。唉，你什么时候给我生个孙子，我就心满意足了！"

鲍平建打岔："您呀，总这么说，也不怕希希生气。"

希希是二平的独生女，刚上初中，鲍父疼她疼得跟心尖似的，听鲍平建这么说赶紧关门，"嘘嘘，小声点，可别让希希听到。"

鲍平建笑道："听不到，老小孩！"

鲍平建前几天喝醉酒时，跟姚燕彦提过鲍父的心愿，姚燕彦记在心里。现在鲍平建和二平媳妇通电话，姚燕彦坐在旁边假装摆弄棋子，耳朵却伸得倍儿直。

鲍平建挂了电话对姚燕彦说："我去趟医院，你一会儿和覃副总说一声，有事让他照料下。"

姚燕彦答应："好，你走吧！"

鲍平建走后，姚燕彦一直提着心，整整一个下午一会儿看一下手机。凭她对鲍平建的了解，鲍父要真是不行了，他一定会找她过去见见鲍父，了却鲍父的心愿，以免再留下遗憾。

姚燕彦从杨展那儿摔门离去后，去了8018鲍平建办公室，看鲍平建没回来就坐在鲍平建的老板椅上等。她懒得去职工餐厅吃饭。肚子都让杨展气饱了，还吃什么饭。拜金女，杨展竟然这么说她，那别人哪？不定说得多难听哪。唉，人嘴两张皮，爱怎么说，怎么说吧！鲍平建对我好就行。姚燕彦想着趴在老板台上睡着了。落日的余晖从窗外射进来照在姚燕彦白皙的脸上，那张脸在笑，嘴角微微上翘。

姚燕彦在做梦。梦中她穿着婚纱，长长的裙摆拖在草地上，鲍平建穿着一身黑色礼服挽着她的手臂走向洒满白色百合花瓣的甬道，左茜笑着从扎满鲜花的拱形花环门中走来，突然左茜变成了杨展，杨展愤怒地叫喊，拜金女，拜金女！她扭头去看鲍平建，鲍平建不见了……

姚燕彦从梦中惊醒，屋内一片昏黄，她看看表，六点半了，打开手机查看，鲍平建没来电话，也没有微信，想想刚才的梦境，心凉了半截。

姚燕彦感觉饿了，起身走到镜子前，捋捋头发，走出8018办公室，去职工餐厅吃晚饭。

左茜的图片就是在那个时候发给姚燕彦的。当时8层A号电梯门正打开，姚燕彦的右脚已经抬起，她只迟疑了一下，电梯门就关上了。姚燕彦看到照片一愣，赶快离开电梯厅走到僻静处。

左茜又发来一条说明："此刻，江南饭店，一对贱人！"

姚燕彦看到左茜发的照片说不上是什么感觉，生气、嫉妒、解脱，又是，又不是。

“那女人气质真好，微笑地看着杨展，杨展很激动，抓着女人的手。”姚燕彦似乎有些嫉妒，嫉妒只是一会儿姚燕彦便释然了，她知道自己想要什么。“这样更好，我不管你和那个女人是什么关系，我要的就是这张照片，有了这张照片，我就能理直气壮地和你分手。”姚燕彦脚步轻快地走回电梯厅。

五

左茜吃完饭从包间出来时，往右前方看了一眼，发现杨展和那个女人还没走，掏出手机又给姚燕彦发了条短信：“两个贱人还没走，聊得正欢。”左茜本来有些同情杨展，可现在，她捋不清自己的情绪。

此时，杨展已经把胸中的郁闷全部倾倒完，叶溪为了开导杨展喝了不少酒，已经有些醉意，这让杨展心生怜惜。看着对面的叶溪杨展不免拿她和姚燕彦比较，姚燕彦当初借酒浇愁，微醉时眼光迷离，语言暧昧，让他产生情不自禁的冲动；叶溪却在努力地摆脱醉意，平静的外表下隐藏着痛苦和挣扎，那痛苦好像特别巨大，让她好看的面容现出阴郁。

杨展望着叶溪开口：“叶溪姐，谈谈你吧！”

叶溪微笑道：“我的故事太长，一时半会儿说不完。”

杨展说：“那就说说那个人，他和你什么关系，他干吗总纠缠你？”杨展给叶溪的酒杯倒满，默默地看着她。

叶溪像被刀剜了一下，那把刀一直扎在她心里，时不时剜一下，剜出的血肉已经腐烂，积满了她的身体，她必须豁个口，放出点。

叶溪端起酒杯喝了口酒，缓缓开口："他是我的中学同学，和我的初恋男友是哥们儿。我的男友被陷害入狱时，我发现自己怀孕了，我那时很困惑，到酒馆独自借酒浇愁……酒醒后发现我躺在他的床上。"叶溪看向杨展说："我至今都不知道是怎么到他家的，他给我拍了照片，恐吓我……我后来结了婚，和丈夫去了深圳，我丈夫得病去世后我又回到北京，没想到……"

叶溪拿起酒杯又喝了一口说："你见到他纠缠我的那一次，我也是突然遇到他。"

"败类！"杨展怕打断叶溪的讲述，一直控制着自己，现在终于忍不住了，一拳砸在桌子上，说，"你别怕，我去教训他！"

叶溪说："别，别打草惊蛇，这件事我没跟任何人说过，以前是怕羞，现在是想查出真相。"

杨展问："真相？"

叶溪说："我怀疑陷害我初恋男友的人就是他，所以我还要和他周旋，寻找机会查出真相。"

杨展说："好，我先不理他。不过，要是有什么事你告诉我，我一定帮你。"

叶溪说："好，我有事一定找你。"

杨展和叶溪二人一直聊到很晚才离去，杨展执意要送叶溪回家，叶溪也没阻拦，杨展打了辆车一直把叶溪送到楼下。

通过今晚的接触，一种微妙的感情在二人心中增长，那种感情像姐弟又超越了姐弟，但彼此都清楚绝不是男女私情，他们之间可以袒露心中最隐秘的事情而不需要任何肉体的接触；他们之间可以相互付出而不患得患失斤斤计较。特别是杨展，在和姚燕彦有过那样的过往后，很渴望有叶溪这样的女人做朋友。

杨展很欣赏叶溪，叶溪刚才和他聊那些经历时语气平缓，不急不躁，她经历了那么多苦难，还是那么恬静温婉，她温婉的外表下藏着一颗纯净清高的心。这些姚燕彦无法相比。姚燕彦有时也恬静温婉可一旦遇到烦心事就会暴躁易怒；姚燕彦在众人面前是文雅清高的，但那是装的，在富人和金钱面前她显得那么卑微和迫不及待。

晚上杨展躺在床上想明白了这一切，他决定不再和姚燕彦纠缠，姚燕彦不配他付出那么多。

第六章

一

鲍平建在医院门口碰到弟弟二平，鲍平建问："爸怎么样，怎么突然病得这么厉害？"

二平说："前天下午爸在楼下和人下棋，回家后发现手机没了，回去找，没找到，一着急就晕倒了。几个老头赶紧喊我媳妇，我媳妇去买菜刚好走到楼门口，她急忙打 120 叫急救车把爸送进了医院。当时医生说爸是高血压需要住几天院，我们觉得你挺忙的就没告诉你。可今天早上各项检查结果出来了，医生说爸得了肝癌……"

"肝癌？"鲍平建瞪着二平。

"嗯，医生说的，是中期，还可以做手术。"

“肝癌，爸怎么会得肝癌呢？”鲍平建像问二平又像问自己，脸色阴沉往前走。

二平愣了一下，转身，小步紧跟在鲍平建身后，问：“去哪儿？”

鲍平建说：“找医生，好好问问。”

鲍平建和鲍父的主治医生谈了近半个小时，才走出医生办公室。他很懊悔，按医生的说法，父亲的肝早就有问题，如果每年检查身体，通过B超、验血等等都可以发现，可他只知道给父亲钱，从未陪父亲去过医院。

鲍平建在走廊的椅子上坐了好一会儿，等情绪平定后才对身旁的二平说：“走，去看爸爸。”

鲍父看到鲍平建很高兴，笑着说：“你怎么来了，我说你工作忙，不让他们告诉你，他们还是告诉你了。”

鲍平建笑着坐到父亲的病床前说：“我不忙。”

鲍平建和父亲待了一下午，伺候父亲吃过晚饭才走，在他的记忆里这好像是他和父亲待得最长的一天。

姚燕彦吃过晚饭回负二层的小屋休息。她和鲍平建正式交往后，鲍平建觉得她住的地方偏僻上下班太辛苦，在离溪澜宾馆不远的莱茵国际给她租了一套一居室。

莱茵国际是个高档住宅小区，廊桥湖水，喷泉花园，幽雅的环境让姚燕彦很是欢喜。姚燕彦每天下班回家走在小区白色的欧式建筑群中总有一种过富人生活的感觉。但她今天没有着急回去，她在等鲍平建。

姚燕彦至今除了工作上的事还不怎么敢给鲍平建打电话，她怕引起鲍平建的反感。

现在她躺在床上猜测着医院那边可能发生的一切以及鲍平建的感受，心绪不定。手机就放在床头枕边，铃声已调到最大，她还是一会儿拿起看看，唯恐手机出了毛病，错过了鲍平建的信息。

“干躺着没用，不如到上面看看，万一鲍平建回来心情不好躲在房间里独自喝闷酒哪？”姚燕彦想到此赶紧起床，梳洗、化妆，坐电梯去了八层。

正如姚燕彦猜测的那样，鲍平建独自坐在8017房间喝闷酒。姚燕彦进屋时鲍平建已经有些微醉，举着酒杯对姚燕彦晃晃说：“来，陪我喝两杯。”

姚燕彦没说话，走到酒柜旁取了酒杯，坐到鲍平建对面把酒杯倒满，喝了一小口说：“别闷着，有事说说，会好受些。”

鲍平建说：“我爸得了肝癌，已经中期了，医生的意思是做完手术，最多能活5年。”

姚燕彦看着鲍平建，握住他的手，没说话。

“其实他的病可以提早发现，照个B超，或者验验血都能发现。可我……”鲍平建停顿了一下说，“我一门心思干事业，从没想过他会老，会离开我们，总以为以后还会有很多时间陪他。可……”鲍平建抓过酒杯，一仰脖喝光，说：“他这辈子光跟我着急了……他才七十多岁，再活五年还不到八十，他还想等着我结婚生儿子，可我！”鲍平建无望地看看四周，瞪着血红的眼睛。

姚燕彦端起酒杯喝光里面的酒，起身坐到鲍平建身边，侧身仰头看着鲍平建说：“我们结婚，我给你生儿子！”

姚燕彦见鲍平建盯着她不说话，伸手搂住鲍平建脖子说：“不结婚也行，我给你生儿子。”嘴贴了上去，亲吻鲍平建……鲍平建迎合着，翻身把她压在身下，二人……

人很奇怪，爱恋时，男女初次接触的方式会被自然记忆，重复，形成一种模式。

姚燕彦和鲍平建的爱恋就陷入了这样一个怪圈。鲍平建苦恼烦闷时就会找姚燕彦喝酒倾诉，喝到酒醉迷蒙时就会要她。

姚燕彦常质疑他们的关系：“是鲍平建还爱着那个女人，只有喝醉时才能半醉半醒地把我当作那个女人拥入怀中，还是我趁着鲍平建酒醉时甘愿替代那个女人投怀送抱？”姚燕彦想清楚了就有点小伤感，但又能怎么样呢？那个女人已经长在了鲍平建心中，她还没有能力把那个女人连根拔掉，就只好忍着了。

其实鲍平建已经习惯了他和姚燕彦的这种交往模式。从那个晚上，他喝醉酒第一次把姚燕彦当作叶溪拥入怀中，倾诉了一切痛苦怨恨，尝到了排泄内心郁闷后的轻松愉悦，便像吸了鸦片一般，离不开姚燕彦了。至于这种离不开是不是爱已经无所谓，反正她已经成为世界上最清楚他隐秘的那个人，他早晚会娶她。

二

早上，左茜上了三楼看到姚燕彦刚走出电梯厅拐进去 6 号会议室的通道，紧走几步赶了过去，挽住姚燕彦的胳膊问问：“嗯，我昨晚给你打了半天电话怎么不接？”

“我昨晚手机没电了。”姚燕彦解释。

“不会吧？是不是看了我发的照片生气了？”左茜贴紧姚燕彦。

“我生气？我巴不得他赶紧找个美女，我好脱身。”姚燕彦压低声音回答。

“那就是？没干好事！”左茜嘻嘻地笑。

“讨厌！”姚燕彦甩开左茜，微笑着往 6 号会议室走。

“嘿，你！”左茜追上姚燕彦走进 6 号会议室。

6 号会议室很安静，鲍平建还没来，几个部门经理坐在椭圆形会议桌前，有的小声聊天，有的低头看手机。杨展双手抱在胸前靠在椅背上，肆无忌惮地打着哈欠。

左茜瞟了一眼杨展，贴着姚燕燕耳边说：“看见没，一夜未眠！”

“懒得看！”姚燕彦走到自己座位坐下。

不一会儿鲍平建和覃副总走了进来，鲍平建站在门口扫视了一下众人说：“好，都到齐了！我们今天先不开会，我这里有两份关于东配楼现存问题的单子，有几项无法维修，而且是普遍问题。我们下去看看。林经理，你安排一下。”

“嗯，”林义辉像刚反应过来看着鲍平建问，“这就去？”

鲍平建脸色沉了下来说：“对，你带路。”率先走出会议室。

东配楼是一座白色六层尖顶小楼。鲍平建带着众人从东配楼 6 层往下转，他们走进 6020 房间，鲍平建走到鞋柜旁蹲下身查看。

林义辉凑过去，指着油漆脱落处说：“几乎每个房间都这样，杨经理说无法解决。”

鲍平建抬头看杨展，杨展赶紧弯下身摸着柜面解释：“这是胡桃木花纹，我们木工喷漆或刷漆都弄不出这种效果。”

鲍平建略一沉思看向总办主任说：“叫广告部王晋过来。”

总办主任回答：“好，掏出手机打电话。”

鲍平建走到屋内查看一番后走到沙发前弯腰指着地毯上十几处像手指盖大小的烧痕问林义辉：“每个房间都这样吗？”

林义辉回答：“是，可能是客人抽烟时烟头烫的。”

鲍平建又看了看地毯，没说话，往卫生间走。

林义辉挤过众人，赶在鲍平建前面进了卫生间，指着恭桶盖上的大片黑色污渍对鲍平建说："您看，什么办法都想了，怎么擦都擦不下去。"

鲍平建伸手摸摸污渍，回身从大理石洗面台上拿起一次性牙具纸袋，从纸袋里取出小牙膏，挤在那片污渍上，然后冲身后一伸手："抹布。"林义辉赶紧拿起洗面台上的抹布递给鲍平建，鲍平建接过抹布擦拭。奇迹出现了，只一会儿工夫，那片污渍便消失了。众人发出赞叹声。

"鲍总真行！"林义辉赶紧拍马屁。

鲍平建说："不是我行，是这一百多个马桶盖要换，得花一万多元，这一万多元，每一分钱都要从我兜里掏。"鲍平建看向总办主任说："咱们在教育员工爱岗敬业时，更要给员工灌输把企业当家的意识，你琢磨琢磨，在这方面抓抓。"

"好！"总办主任点头答应；众人应和着鲍平建走出 6020 房间，往 6019 走。

鲍平建领着众人转到 6008 房间时，王晋来了。"来来，"鲍平建笑着招呼王晋，弯腰指着鞋柜上油漆脱落处说，"你帮忙看看，这个有办法解决吗？"

王晋弯下身看了看说："我试试，用油画颜料可以调出这种色调，画出这种花纹。"

鲍平建说："那好，这个活就交给你了，虽然每个房间都有，但脱落处不大。"鲍平建说完走到沙发前坐下，看看众人，指着地毯上的烧痕说："你们看，在这儿铺一块有图案的小地毯，铺在茶几下面，怎么样？"

众人争着称赞：

"太棒了！既掩盖了烧痕又起到了装饰作用。"

"是啊，这一下问题就解决了。"

“可不，要不，得换整间屋的地毯，花钱多不说，光时间就耗费不起！”

鲍平建摆摆手，站起身说：“走，我们接着转！”

鲍平建领着众人在东配楼转到十一点才回到6号会议室。往6号会议室走时，姚燕彦冲杨展使了个眼神，故意落到后面。杨展会意，磨蹭着等姚燕彦。

姚燕彦今天第一次和鲍平建到客房转，她见识了鲍平建处理问题时的能力、手腕、气度。心想：“这样一个男人，我一定要抓住，我必须马上和杨展了断，不能让他坏了我的好事。”

姚燕彦走到杨展身边小声说：“中午我们谈谈。”

杨展说：“好，吃过饭，我到负一层你那儿找你。”说完撇下姚燕彦追赶前面的众人。

左茜把一切都看在眼里，磨蹭着等姚燕彦。

姚燕彦走到左茜身边挎住左茜胳膊咧嘴笑笑。左茜晃晃胳膊说：“别磨叽了，赶紧和他断！”

姚燕彦说：“谁磨叽了？”

左茜说：“好好，我不管你。”

姚燕彦笑着开玩笑：“不管我，你受得了！”

左茜也笑：“是啊，我是谁，我是你的八卦婆。”

吃过中饭，杨展去了姚燕彦小屋。

姚燕彦指指沙发对杨展说：“坐。”

杨展说：“不了，你不就是想跟我了断吗？好，我同意！”

姚燕彦说：“你早该同意，你有了女人，还拖着我，还骂我是拜金女，你可真阴险！”

杨展愣了一下，说：“阴险？莫名其妙！”

姚燕彦说：“你不用抵赖，昨晚有人给你留了影。”说着拿起手机翻找。

杨展一脸不屑：“哼，留影，我是名人了，还有狗仔队伺候！”

姚燕彦把手机举到杨展眼前：“嗯，满激动嘛！”

“这，”杨展看到手机屏幕上他和叶溪的照片哭笑不得，指着手机问姚燕彦，“你不就是想了断吗？何必这么费尽心机。”

姚燕彦面露嘲笑：“别把自己太当回事，我没那份闲心，这是一个朋友碰巧拍到的。”

“碰巧拍到，”杨展说，“你的朋友可真八卦。”

“八卦！”姚燕彦“扑哧”笑了。

“有病，”杨展一脸狐疑，“算了，懒得搭理你。”杨展指着手机说：“她是我新认的姐。”

姚燕彦讥讽道：“你真长本事了，也学会满大街跑着寻姐了！”

“别闹了，咱们好合好散。”杨展解释道，“你想歪了，前几天我在大华建材城门口碰到她被一个男人纠缠，帮了她，就和她认识了。”

“啊，英雄救美，像你的风格。”姚燕彦也想缓和气氛，拿过桌上的纸袋递给杨展，“谢谢你曾经给我的一切，那些美好我会记在心里，东西我就不留了。”

杨展清楚姚燕彦在表演，眼圈还是红了，低头接过纸袋，转身离去。

姚燕彦望着“咣当”关上的房门，心上悬着的那块石头终于落下了，眼中涌出一股泪水。

三

鲍平建忙了一上午，吃过中饭躺在沙发上睡着了，姚燕彦的开门声把他吵醒，他从沙发上坐起，揉着眼睛说："想眯瞪一会儿，还真眯着了。"

姚燕彦说："刚1点，你再睡会儿。"

"不睡了，"鲍平建拿起茶几上的一沓纸起身往老板台走，"工程部这份材料刚看了个大概，还得仔细看看，唉，东配楼很多东西都要更换。"

姚燕彦说："其实有些东西可以凑合用。"

鲍平建坐到老板椅上对姚燕彦说："不，一些关系到安全方面的器件不能凑合。"

"杨展，"姚燕彦本想提醒鲍平建防着杨展趁着东配楼检修捞钱，话到嘴边改了口，"杨展他们都排查完了？"

鲍平建说："嗯，他们这次干得挺快。"

"是啊！"姚燕彦把沏好的茶放到鲍平建面前，"那你先忙，我出去了。"

"哎，"鲍平建叫住姚燕彦，"下班后陪我去趟帝豪大厦，帮我给我父亲挑个手机。嗯……6点，6点你在车库等我，我们到外面吃饭。"

"好，你忙吧！"姚燕彦答应完，笑着离去。

叶溪请了假，提前了三小时下班，儿子坐的火车四点一刻到西客站，她去接站。

叶溪坐663路公交车从北广场下车。还有十几天开学，北广场人挤人，很多人席地而坐，他们大多撑着伞抵挡太阳的照射，伞下的人脸面油亮，有的在吃东西，有的偎在行李上睡觉，有的哄着吓得哭闹的孩子。

叶溪左绕右绕穿过这些人群，走到出站口时，蒋博正向她挥手。

“妈，你怎么刚到？”蒋博跑到叶溪面前问。

“人太多，绕了半天。来，我帮你拿。”叶溪笑着回答，伸手接蒋博的背包。

“没事，不沉。”蒋博说着扽扽肩上的双肩包带。

“走，这边走，我们坐公交车去。”叶溪边走边和儿子聊，她拍着儿子的肩问，“哎，你怎么晒这么黑？”

“瞎跑呗，我和大伯赶集，逮鱼，上山采药，几乎天天出去。”蒋博回答。

“你呀，玩够了，回来该好好学习了。”

“那是，妈，学校怎么样？”

“学校……”叶溪和儿子笑着聊着上了公交车，五点二十分到了家。

“妈，这就是你小时候住的地方？”蒋博把双肩包放到椅子上，在屋内巡视。

“是啊，怎么样？”叶溪问。

“不怎么样！”

“臭小子，洗澡去，洗完，咱们到外面吃饭。”

鲍平建和姚燕彦在帝豪大厦二层给父亲买了一部手机，又到三层为姚燕彦选了两套衣服，坐扶梯去四层吃饭。

帝豪大厦共二十八层，四层以上是写字楼。帝豪大厦的经营者把餐饮、影院，设在四层很有讲究，客人逛累了想吃东西，写字楼的白领用餐请客，都感觉方便；特意来吃饭看电影的人也可以先到下面转转，消费完再上四层享乐。一切都透着商人赚钱为主的精明。

四层的餐饮设置也体现了这种精明，从经营烧烤、涮锅、日式料理的精致小店到经营粤菜、鲁菜、川菜、家常菜的传统酒家，大小十几家。满足了各种口味，各种层次，各种需求的客人。

鲍平建和姚燕彦下了电梯，往右拐，去了西北角的梅州酒家。

正是晚上用餐时间，梅州酒家座无虚席。鲍平建二人刚走进门，穿着红色兰花锦缎旗袍的礼宾小姐便迎过来，微笑着说："二位稍等，那边的客人很快就会用完餐了。"

姚燕彦脸上露出不悦，鲍平建点头笑笑，向四处观望。

鲍平建脸色突然异样，他发现叶溪和一个男孩坐在左前方不远处的一个桌位上。叶溪和男孩边吃边聊，样子很亲切。那男孩正侧对着他，脸型凹凸有致，肤色较黑闪着釉光，身材偏瘦，个子好像比叶溪高半头。

这男孩……叶溪是那么温和恬静，那样子像……鲍平建似乎看到了他和叶溪坐在春再来酒馆吃饭的情景，产生了一种莫名的冲动，他刚要抬脚走过去，礼宾小姐开口了："您二位这边请！"

鲍平建被姚燕彦拉了一下，跟着她往前走右拐坐到一张靠窗的桌位上。

"咱俩换一下！"鲍平建跟姚燕彦换了位置，正好可以看到蒋博的正面。

姚燕彦感觉鲍平建有点怪，心想，怎么了这是？刚才就有点不对劲，现在又要换位置？但鲍平建不是杨展，对杨展她可以任性，对鲍平建不能。

这个男孩长得不像叶溪，更不像蒋毅。那模样，那神采？鲍平建仿佛看到了男孩在篮球场上奔跑抢球的身影，看到了他和同学打架的样子，他站起身向蒋博走去。

叶溪背对着鲍平建，她从儿子的眼中发现了异常，回头时，鲍平建已经来到她身边。

“你，你好！”叶溪站了起来，样子有些慌乱。

“你好，我过来吃饭，刚好看到你们。”鲍平建说完看着刚站起身带着疑问的眼神看他的蒋博，问，“这是你儿子？”

叶溪回答：“是，我儿子蒋博！”

“蒋博，蒋毅的儿子！”鲍平建好像刚醒过神来，黑下脸说，“嗯，这么大了！”

“叔叔好！”蒋博问好。

鲍平建刮了蒋博一眼，没回话。

此刻坐在那边的姚燕彦正翻出前天左茜发到她手机上的那几张照片看。

从鲍平建站起身离开座位的那一刻，姚燕彦就有一种不好的预感，她一直回头盯着鲍平建看，当看到叶溪站起来侧身对着她和鲍平建说话时，她心中猛地一惊：“会是她？是那个和杨展一块吃饭的女人！”于是她马上拿起手机翻找照片。

姚燕彦确定了这个女人就是那个女人时，头像蒙上了一团雾水，这个女人是谁？和鲍平建什么关系？是叶溪吗？就怕不是叶溪，要不是叶溪，问题就复杂了……还有那个男孩？那个男孩长得可真帅，那么阳光。

姚燕彦低头思考时鲍平建走了回来，鲍平建看了姚燕彦一眼没说话，坐下闷头吃菜。

姚燕彦给鲍平建倒了一杯茶，问：“遇到熟人了？”

鲍平建接过茶喝了一口说：“嗯，她就是叶溪。”

“啊，她就是叶溪。”姚燕彦心踏实了。

鲍平建看了姚燕彦一眼，低头默默吃饭，他感觉姚燕彦的表情有些怪，既不是嫉妒也不是生气，是什么哪？一时想不清楚。算了，不想了，吃完饭他还要去医院看父亲。

蒋博觉得鲍平建很怪，妈妈刚才有些异样，他瞟了一眼远处的鲍平建，问叶溪："妈，刚才那个男人是谁？"

叶溪说："高中时的同学。"

"嗯，挺酷的，他追求过你？"蒋博问。

"你这孩子，"叶溪感到脸上发热，忙说，"快吃饭，吃完我们去买鞋，你的脚长得可真快！"

"吃完了，"蒋博夹了口菜放到嘴里，站起身说，"走吧！"

"急性子！"叶溪笑着责怪，叫来服务员结账，结完账和蒋博一起离去。

鲍平建和姚燕彦吃完饭，走出梅州酒家，下电梯到地下停车场取了车，开车把姚燕彦送到莱茵国际小区门口，说："我还要去医院，就不进去了。"

姚燕彦说："好，你注意安全，晚上早点休息。"

鲍平建走进病房时，父亲正躺在床上看电视，男护工坐在旁边玩手机。

护工见鲍平建进来，起身让座，鲍平建说："你坐吧。"

护工说："你坐，你和老爷子聊吧，我出去转转。"

护工走后，鲍父说："这么晚你还来。"

鲍平建拿出手机给父亲，鲍父说："怎么又花钱，我不要，丢了闹心。"

鲍平建说："没几个钱，丢了就丢了。"

"唉！"父亲叹了口气说，"老了，你不用总想着我，赶紧找个女人结婚生儿子。你看我这次是没事，可我说不准什么时候就窝回去，到那边我怎么向你妈交代啊！"

鲍平建心里一阵酸楚，嘴上却说："您别瞎说，你身体好着呢。"

拿起手机说：“来，我教您用手机。”

半个小时后护工回来了，鲍平建又陪了父亲一会儿便走了。

鲍平建开车时总是想起父亲的话，想起蒋博的样子，心想要是没有那件事，他和叶溪的孩子也会那么大了。鲍平建回到8017房间，躺在沙发上抽着烟想了许久，他想该考虑结婚的事了，和姚燕彦？唉，不管怎样，应该先跟叶溪聊聊，这么多年了叶溪过得怎样？现在她怎么生活？叶溪那边过得不好，他心里踏实不下来。

叶溪领着蒋博在帝豪大厦转了一圈，买完鞋回到家又聊了一会儿，便各自回屋睡觉。

叶溪躺到床上睡不着，她没想到会在梅州酒家遇见鲍平建，那一刻她有些紧张，特别是她看到鲍平建看蒋博的眼神，竟有些激动。血缘这个东西真是太奇妙了！还有博儿，博儿对鲍平建是那么欣赏，尽管他用调侃的言语极力掩饰，但那小脸上流淌着的欢喜暴露了一切。

“唉，早晚要把博儿交给鲍平建，也不知道他俩知道真相后会是什么样子。”叶溪想着从床上爬了起来，轻手轻脚地走到蒋博卧室门口，侧耳听了一会儿，听到呼噜声才推开门走进去。

屋里的灯没关，书掉在地下，蒋博四仰八叉地躺在床上呼呼大睡。叶溪笑笑，捡起书放到桌子上，拉过毛巾被盖住蒋博的肚子，关掉灯，退出房间。

此刻，姚燕彦也难以入睡，她已经躺在床上翻来覆去地折腾了半天。

姚燕彦自从被顾磊甩了遇事总是往坏处想。今天在梅州酒家一看到那个女人和鲍平建认识，就疑惑那个女人可能是为了探查她的秘密而专门勾引杨展的。当她从鲍平建口中得知那个女人就是叶溪时，心踏实了。但随后又不安起来：“叶溪的气质真好，还有那个男孩，那个男孩应该是叶溪的儿子，那男孩怎么那么像鲍平建？莫不是？”姚燕彦感到了威胁，感到她不是叶溪的对手。

现在姚燕彦躺在床上盯着房顶思索，她有些后悔白天没仔细看看叶溪，从她身上捕捉更多信息，“明天吧，从明天开始，我要弄清她的一切！”姚燕彦感到眼皮很累，不情愿地闭上了眼睛。

第七章

一

早上姚燕彦匆忙走进宾馆，在负二层那间小屋换上黑色西服套裙，阴着脸去三层开晨会。姚燕彦下了电梯看到杨展趴在环廊上往下看，走过去问："看什么哪？"

杨展说："看那两个小子换灯泡。"

姚燕彦往下一看"扑哧"乐了："搬个升降梯不就行了，桌子、椅子、梯子，这么鼓弄跟耍猴似的。"

杨展说："升降梯在多功能厅检修用哪。"

"哦，"姚燕彦转过头问杨展，"嗯，那天跟你一块吃饭的女人在哪儿上班？"

杨展看了姚燕彦一眼说："问这干吗？"

姚燕彦说："好奇。"

杨展没好气地说："在建材城。"

"干什么的？"

"卖灯具！"杨展感觉姚燕彦越来越俗，白了她一眼，起身离开。

"卖灯具的？"姚燕彦顿感自己高出叶溪半截，脸上现出光彩，嘴角挂着嘲笑，扭着屁股向6号会议室走。

开完晨会，众人走出6号会议室。

快走到电梯厅的鲍平建回头对要拐弯的杨展说："杨经理，一会儿你到我办公室去一趟。"

杨展答："好！我先去多功能厅看看。"

左茜看姚燕彦在前面磨蹭，疾走两步赶上问："干吗哪？"

姚燕彦回答："等你，去你那儿蹭点吃的。"

左茜问："没吃早饭？"

姚燕彦答："起晚了。"

"哦，"左茜坏笑，"没干好事。"

"讨厌！"姚燕彦推了左茜一下，二人说笑着往旋梯走。

姚燕彦和左茜下了旋梯，往左茜办公室走。

姚燕彦回头看看，看走在后面的胡瓜瓜进了餐饮部办公室，低声对左茜说："那天和杨展一块吃饭的女人，和鲍平建认识。"

"什么？他俩怎会认识？"左茜惊讶。

"说来话长，一会儿我慢慢跟你说。"说着话二人走到了左茜办公室门前。左茜摸出钥匙开门，二人进屋，左茜关好门问："快说说，怎么回事，你怎么知道的？"

姚燕彦坐到沙发上说："我昨晚和鲍平建去帝豪大厦购物，然后去梅州酒家吃饭，碰到了那个女人……那个女人叫叶溪，是他年轻时的女友。”姚燕彦看左茜一脸迷惑的样子补充道：“鲍平建喝醉酒时和我说过他们的事。鲍平建对她一直念念不忘。”

“那你不就悬了？”左茜冷不丁问出这么一句，叫姚燕彦刚好些的心情又阴郁起来。

“是啊，所以我昨晚一宿没睡。还有叶溪的儿子，十七八岁的样子，长得特像鲍平建。我琢磨那孩子可能是鲍平建的种，可能是鲍平建入狱前怀上的，鲍平建不知道，叶溪也没和他说，可以后……”姚燕彦没看左茜的表情，只顾按照自己的思绪往下说。

“妈耶，怎么跟电视剧似的！”左茜睁大眼睛盯着姚燕彦。

“生活比电视剧残酷！”姚燕彦起身在屋里踱步，“我好不容易抓到了鲍平建，决不能轻易放掉！”

“对，近水楼台先得月，你是鲍平建秘书，天天跟着他，你占绝对优势！”左茜的右手食指在空中点着。

“可鲍平建这两天除了工作就往医院跑，我很少见到他。”姚燕彦说。

“嗯……今晚，今晚多功能厅舞会，鲍平建肯定去。”左茜看着姚燕彦说，“新科公司那个会，今晚在多功能厅设舞会，他们老总偕夫人出席，鲍平建肯定作陪。你也去，见机行事。”

“好吧，我想想。”姚燕彦说。

“一定去，”左茜起身走到姚燕彦身边，握住她的手说，“穿漂亮点！”

杨展在多功能厅转了一圈，和工人聊了几句，坐电梯去 8018 找鲍平建。

鲍平建拿出工程部报给他的那份《东配楼水暖、空调、电器等设备老化损坏情况汇总》说：“杨经理，我仔细看过了这个汇总，有些问题想跟你探讨一下，这样吧，咱们逐条捋。”

鲍平建和杨展讨论了一个多小时，划去了一些没有安全隐患又可以维修好的设备后，说：“就这样，水龙头、花洒，全部更换。型号，样式要和原来的一样，这样换下来的旧的还可以修修作为主楼和两个配楼的备件用。空开、漏电保护器、电插板、后厨那几个电闸全换。这些东西……好，辛苦你了！你一定要负责任，帮采购部把好质量关。”

杨展吃完中饭睡了一会儿和采购部老马去了建材城。

郭老板见杨展和老马一起来了心里高兴，忙打招呼：“哟，二位领导都来了！请，请！”

杨展笑着走到沙发前坐下，老马四下看看说：“郭老板生意兴隆啊！”

郭老板笑着回答：“全靠老朋友捧场。”

老马和郭老板也很熟，他是鲍平建的一个远房亲戚，以前在国营商店上班，商店改制后被私人承包了，他拿了点钱回家，自谋职业。他在社会上跑了几年，09年实在混不下去了找到鲍父，被鲍平建安排在溪澜宾馆采购部，负责宾馆的物品采购，工程用料这块也归他管。

老马不懂工程技术，刚开始采购回去的东西总是不合乎要求，遭工人指责不说，换来换去太麻烦，后来他就只管采购管线、灯泡、插板，等一些日常易损件，专业技术性较强的器件就让工程部自己到郭老板这儿拿，拿完记账，攒多了由他一块结。这次进料数额大，技术含量高，鲍平建点名要工程部把关，他便和杨展一起来了。

郭老板招呼二位坐下后，便去沏茶。沏好茶，三个人边喝边聊。

杨展、老马，和郭老板说明来意，谈好了所要器件的品牌、样式、型号、规格、价钱，又聊了一会儿，杨展对身边的老马说：“你们先聊着，我去看个朋友。”

“去看叶溪？”郭老板嬉笑道，“叶溪请假了，说是带他儿子去学校面试。”

“啊，”已经站起身的杨展有些尴尬，转向老马说，“那我们走吧，我那儿忙着哪。”

“走！”老马放下茶杯，也站起身。

杨展和老马回到宾馆，在地下车场道别后，便各自忙去了。

杨展回到办公室靠着桌子给叶溪打电话。

叶溪刚走进厨房，听到手机铃声，返回客厅抓过手机，按了接听。

手机里传出杨展的声音：“儿子回来了？”

叶溪一愣，“你怎么知道的？”

杨展笑道：“我去建材城了，郭老板说的，需要帮忙吗？”

“嗯，”叶溪坐到椅子上说，“不用，已经去了两个学校，面试都过了。下午再去一个学校看看，定下来明天博儿自己去办手续。”

杨展说：“那祝贺你们，哪天我请你们吃饭。”

叶溪说：“好啊，我请。”

“行！”杨展哈哈大笑。

二

晨会开到一半鲍平建手机响了，鲍平建一看显示，急忙起身，边接电话边往外走。

电话是彭大仙打来的，彭大仙说：“鲍哥，肿瘤医院的专家约好了，下午 3 点半他在办公室等你，他姓丁，你喊他丁教授就行。你把病历、影像资料都带齐。嗯，你到……这样吧，我一会儿把地址发你手机。”

彭大仙是鲍平建在牢里认识的一个朋友，因为一起医疗事故判了三年。彭大仙刚进监狱时被狱友欺负，鲍平建打抱不平教训了那个狱友，他感谢鲍平建偏要拜鲍平建为大哥。

彭大仙早鲍平建四年出狱，出狱后和夫人闻燕萍开了一家小诊所。彭大仙很会处事，小诊所很快发展成一家民营医院。

闻燕萍也是一名医生且很有管理能力。现在彭大仙基本不怎么去医院，医院交给闻燕萍管理，他每天只是喝茶聊天交朋友。用彭大仙的话讲他是积攒资源，“当今社会，人脉资源是一笔巨大的财富！三教九流你都得敬着，说不准哪个犄角旮旯里的泥胎就是菩萨。”彭大仙跟鲍平建喝茶时经常这么话语惊人。

鲍平建跟彭大仙通完电话又回到会议室开晨会，开完晨会给二平打电话，约好一会儿在医院见。

鲍平建从二平手中接过父亲的病历，哥俩坐在医院花园的长椅上聊了一会儿，便起身一同去住院处 9 层看父亲。鲍父看到兄弟俩一起来了很高兴，黑黄的脸上泛出光亮。兄弟俩陪父亲吃了中饭，吃完饭二平走了，鲍平建便躺在父亲旁边的床上睡着了。他太累了，一觉睡到两点，起来后和父亲聊了几句便往肿瘤医院赶。

鲍平建和丁教授谈完，走出肿瘤医院主楼，开了车回溪澜宾馆。正是下班时间，路上的车如同蚂蚁一般，走走停停。一个小时过去了，鲍平建才开出三公里。

天上的云彩也像马路上的车一样，一点点聚集，很快天阴了下来，掉下稀疏的雨滴。“堵车了？”鲍平建把头探出车窗外观看，前面的车延长一片，密密麻麻。鲍平建心情比路况还糟，刚才丁教授和他说得很透，手术可以做，但不保证肿瘤全部切除干净，即使切除干净了，以后会不会复发也说不准，他父亲已经七十多岁，还有心脑血管方面的疾病，不排除手术时会出现心脏骤停的意外。

做不做手术哪？不做，父亲才七十三岁，可要做，万一……鲍平建开着车在拥堵的马路上这么想着，行驶着，心渐渐被一种无奈和悲凉笼罩。

鲍平建突然不想回溪澜宾馆了，他把车开进便道，往前开了几百米右拐进了一条小路。鲍平建想去找叶溪聊聊。

雨渐渐停了，路变得通畅，西边的天空露出橘红色光亮。

鲍平建来到叶溪家楼下时，天已经黑了。

鲍平建停好车，下车，掏出香烟点着，靠在车门上吸着。他在犹豫，是不是现在就上去敲门，万一开门的是叶溪儿子怎么办？他说些什么？

正在这时叶溪拎着垃圾袋从楼门走出来。鲍平建看着叶溪走向垃圾桶，把垃圾袋扔进垃圾桶往回走，等叶溪快走到楼门口时才开口：“叶溪！”

叶溪扭头寻找，看到阴影里的鲍平建愣了一下走过去，问：“有事？”

鲍平建说：“想找你聊聊。”

叶溪看看周围说：“说吧。”

鲍平建说：“找个地方坐会儿好吗？”

叶溪想想说：“好，我上去换身衣服。”

鲍平建和叶溪谈话的时候，曹伟利正躲在不远处的广告栏后面盯着他们。那天叶溪拿着照片走了以后，曹伟利就开车在后面跟踪，他发现叶溪在建材城卖灯具，摸清了她每天的出行规律。于是曹伟利每天下午六点准时把车停在叶溪家小区门口侧面，躲在暗处等叶溪，直到看见叶溪回来走进小区大门才放心。

今天叶溪陪蒋博去学校面试，四点多钟进的小区。曹伟利在小区门口一直等到天黑，也没见到叶溪，正忐忑不安时看到鲍平建的奔驰200开了过来，开进小区。他迟疑了一下便溜进小区，找到鲍平建的奔驰

200，躲到暗处观察。

曹伟利看到叶溪又从楼上下来，坐进奔驰200和鲍平建开车离去，心悬到了嗓子眼，身子立马软了，他强支着两条腿走到小区门口，上了夏利车。他没心思再趴活儿了，“命说不准什么时候就丢了，还挣什么！”曹伟利自从拉黑车以后第一次这么早收车。

韦晓嫚见曹伟利推门进来一脸惊讶：“哎，你怎么这么早回来了？”

曹伟利斜了韦晓嫚一眼：“早，我累死不回来才好哪！”

“你！”韦晓嫚发现曹伟利脸色阴沉，把后面的话吞了回去，躲进厨房给曹伟利弄饭。

曹伟利坐在餐桌前，眼光瞄向畅畅房间，房门关着，一束光亮从门缝射出来，拖着细长的光影。曹伟利眼睛湿了，他得活着，得把女儿培养成人。

曹伟利吃了点饭，喝了一小盅二锅头，便回到卧室睡觉。女儿在学习，他不能多喝，喝多了耍酒疯会影响女儿。曹伟利躺在床上闭眼想着刚才看到的一切，“鲍平建怎么会去找叶溪？是他刚知道叶溪回来了，还是？看样子他们好像不是刚见面，那么他们见过几次了？叶溪跟鲍平建说了些什么？我该怎么办？”

“怎么办？”曹伟利越想越害怕，止不住叨唠出声。身旁的韦晓嫚翻个身，说一句：“天呐，还不睡！”又进入梦乡。

三

鲍平建和叶溪去了附近的润福阁茶楼。

茶楼很清静，分上下两层。鲍平建和叶溪上了二楼，选了一个有窗的包间。包间不大很是雅致，靠窗摆了一张藤桌，四把藤椅。鲍平建二人落座后要了一壶碧螺春，两盘干果，两盘点心。

叶溪望着窗外灯火阑珊的街景有些伤感，感叹道："北京越来越繁华，可我还是喜欢小时候的北京。这次回来总是想起小时候夜晚和爸爸一起趴在窗台上数星星的情景。"

鲍平建喝了口茶，说："是啊，小时候的一切都那么美好。"

叶溪回过头说："可惜，我们必须长大，必须经历一切。"

鲍平建不想谈过去的伤痛，问："你还好吧？"

叶溪端起白瓷茶碗，用修长白皙的手指捏着碗盖拂去漂浮在茶汤上的绿叶，抿了一口说："还行。"

鲍平建说："我帮你找了份工作，做办公室主任。"他不等叶溪回话紧着说："没什么事，只是一些事务性工作，薪水也不低。"

叶溪说："谢谢，我有工作了。"

"嗯，"鲍平建问，"在哪儿？做什么？"

"在建材城，卖灯具。"叶溪看着鲍平建。

"啊，那好，你什么时候想换工作找我，那个职位随时给你留着。"鲍平建说完拿起茶壶给叶溪倒茶。

"谢谢！"叶溪伸手递过茶碗。

"嗯……"鲍平建犹豫了一下说，"我有一个女友，就是昨天和我吃饭的那个。"他看叶溪低头不语又说，"我想和她结婚。"

叶溪抖了一下，抬起头看着鲍平建，说："祝贺你！"

鲍平建避开叶溪的泪眼，压下涌上来的酸楚说："我父亲得了肝癌，他一直盼着我结婚生儿子，我不想让他遗憾。"

叶溪的眼泪掉下来："他老人家没少受苦，怎么又……"叶溪说不下去了，扭头看向窗外。

“我对不起他们，我妈走的时候，我就……”鲍平建哽咽了，垂下头。

叶溪回过头看了看鲍平建，伸手握住鲍平建的手，沉默了一会儿说：“别难受了，伯父还可以做手术。”

鲍平建抬起头说：“我给他请了肿瘤医院的专家，想尽快给他做手术，可又怕……”

叶溪说：“应该不会吧，医生就是这样，有万分之一的可能他都要告诉你。可伯父岁数不是那么大，身体还……你不要太担忧。”

鲍平建和叶溪聊了一会儿心情好多了，他们的谈话也轻松起来，互相问了一些彼此的情况，但都小心着，小心地避开那个禁区。

鲍平建端起茶碗，一口气把碗里的茶喝完，从包里拿出一沓钱放到叶溪面前，说：“你拿着用，用完说话。”

叶溪把钱推回去：“不，我用不着。”

鲍平建又推了过来：“拿着，你刚回来，孩子上学什么的都要用钱。”

“不，上次你给的六万块钱已经够了，那钱我先用着，以后我也要还你。”叶溪很坚决。

“你呀，”鲍平建责怪地看了叶溪一眼，收回钱，说，“记着，需要钱时说话。”

叶溪点点头，没说话。

鲍平建掏出手机说：“你给我留给个手机号吧！”他不等叶溪回答，解释道：“我不会经常打扰你，只是想心里踏实。”

叶溪的眼泪又要掉下来，忙低头拿起手机在手中鼓捣，说：“好，我的手机号是135xxxx1751，你打一下，我不接。”

“好。”鲍平建低头在手机上输入数字，输入时手微微颤抖。

鲍平建和叶溪离开茶楼时已近子时，风清月明。鲍平建把叶溪送到楼下开车回溪澜宾馆。

晚上姚燕彦穿了一件黑色无袖无领缎面旗袍走进多功能厅。

此刻多功能厅光线很暗，旋律低缓，一束柔和的灯光在人们头上滑过，映出沉醉在慢四舞步中的男女。

姚燕彦没往里面走，在靠门的位置坐下。由于姚燕彦刚进入舞厅，尽管她瞪大眼睛也只是感到灯光和人影在眼前晃过，什么也看不清。

灯光亮了，乐曲欢快起来，人们开始旋转。姚燕彦看见了左茜，穿一件枚红细腰连衣裙，脖颈挺直，头微仰着，在一个男人怀里旋转，宽大的裙摆像一把撑开的红伞。

姚燕彦的目光扫过所有人群，林义辉、古粉宁、客房部主管毛圆圆、餐饮部副经理李怡冰及她手下的几个漂亮女孩，全来了，唯独没见鲍平建。

姚燕彦烦躁起来，鲍平建在晨会开到半截时出去接电话，开完晨会又不见了，一直到现在还没回来，也没给她来个电话或发条短信。“难道是……”姚燕彦忍不住了，走出多功能厅拨打鲍平建手机，鲍平建关机。姚燕彦又打，还关机。再打，还关。姚燕彦没办法，又走回多功能厅，坐到原来的位置，低头沉思。

左茜走到姚燕彦身边坐下，握住她的手说：“鲍平建没来，还关机。”

姚燕彦盯着舞池说：“我也打了，打了好多遍，都关。”

左茜说：“怎么回事啊，鲍老板很敬业的，从来不关机。”

姚燕彦幽幽地说：“可能和那个女人约会去了，那天我就感觉他们不对劲。”

左茜说：“那你怎么办？放弃？”

“不！”姚燕彦扭头盯着左茜，眼睛闪闪发光，“我怎会放弃？”说完起身离去。

“唉，”左茜追了出去，追上姚燕彦说，“我送你！”

左茜开车把姚燕彦送到莱茵国际小区门口便离开了。姚燕彦走在悠长的石板路上，被夜风一吹，清醒了许多。她也想好了对策。“知己知彼，百战百胜。”明天她要会会叶溪。

第八章

一

鲍平建昨夜没睡好，夜里总是做梦。梦里全是过去的人，过去的街景，过去的摆设，他带着小伙伴们上房、爬树，被大人们追得满大街跑……忽然身后只剩下一人，仔细一看是叶溪。爸妈追过来，叶溪就围着他转，转着转着刮来一阵狂风，铺天盖地的树叶、沙石向他扑来，他挥舞着手臂阻挡……风住了，眼前一片荒芜，叶溪、爸妈都不知去向。

“叶溪！叶溪！”鲍平建叫喊着从梦中惊醒，屋内晨光微现。鲍平建无心再睡，翻身起床，洗漱完，换上运动服去跑步。

自从姚燕彦搬到莱茵国际以后他的跑步路线便做了变更，由出宾馆大门往西跑改成往东跑，跑到莱茵国际再往回跑。

今天鲍平建出来早，跑到莱茵国际大门口时才六点半。鲍平建想姚燕彦这时候也该出来了，便停下来在旁边的树下做操。

姚燕彦走出小区大门时看到鲍平建在树下扭腰，心里一惊，定了定神走过去。“找我？”姚燕彦问鲍平建。

“起早了，跑到这想等等你，走吧！”鲍平建向姚燕彦一歪头。

“好！”姚燕彦跟着鲍平建往前走，心里仍在迷惑：“莫不是昨晚和叶溪旧情复燃，来跟我提分手的？”于是试探着说：“我昨晚去多功能厅跳舞了，左茜她们都去了。”

“嗯，舞会怎么样？”鲍平建问。

“还行，左茜给你打电话，你关机。”姚燕彦说。

“父亲最近要做手术，我有点忙不过来。”鲍平建说。

姚燕彦感到鲍平建在掩饰，心里不爽，成心说：“我想去探望你父亲。”

鲍平建说：“以后吧！”

姚燕彦突然来了气，心说：“以后？那就是不想把我介绍给你家人，就是想给叶溪留着位置！”但她不敢发火，只是说：“我今天下午想去帝豪大厦转转，老家的同学让我帮她买条裙子。”

鲍平建说：“去吧，有事我打你手机。”

姚燕彦吃过中饭，休息了一会儿，打车去了大华建材城。姚燕彦对大华建材城并不陌生，她刚和杨展好的时候，杨展带她去过几次，郭老板还请他们吃过几次饭。后来她反感郭老板吃饭时讲那些低俗的笑话以及看她时的眼神，就不再跟杨展去了。

出租车停在大华建材城正门，姚燕彦付了钱，下车，走进建材城。

这里变化不大，可能是中午的缘故，人较少，有些冷清。姚燕彦挨着门店有一搭没一搭地转着，边转边往郭老板的地界走。姚燕彦走到建材城东面第一个岔口要往南拐的时候发现郭老板正站在过道里和一个女人说话，她立即往北拐往前走，走过几个店铺，进了一个卖洁具的店铺。姚燕彦发现店里的女人正趴在桌子上睡觉，便站在门口一边假装看面盆，一边探头往南看。

此刻郭老板正背对着姚燕彦和叶溪谈话，姚燕彦正好看到叶溪的正脸。姚燕彦看清了，那个女人就是叶溪，虽然头发盘了起来但衣服还是昨天那身，黑色高领背心，驼色碎花长裙。

姚燕彦确认了女人是叶溪就不想再过去了。以她对郭老板的了解，郭老板对叶溪另有所图，说不准已经得手。这很可能是叶溪自愿上钩，要不凭叶溪的长相、气质，怎么会在郭老板这儿卖灯具哪？

人总是以自己的观念揣测别人，自负的女人更是如此，自己喜欢吃鱼，便觉得天下女人都爱闻腥味。姚燕彦瞬间为叶溪做了定位，掏出手机为她留了影，然后走出洁具店，往北走往西拐出建材城正门。

姚燕彦站在建材城正门环顾左右寻找出租车时，瞟见了蓝光影院砖红色的尖顶，心中泛起微澜。她跟鲍平建好了这么长时间，鲍平建除了带她出去吃过两顿饭，去帝豪大厦买了两套衣服，再没有去过其他地方。在这点上鲍平建真不如杨展，杨展光陪她看电影的次数就数不清，只这个蓝光影院他们就来过很多次。

微澜过后便是悲凉，姚燕彦被那种悲凉笼罩不想回溪澜宾馆。

出租车司机有些暗喜：“身边这个时髦女人总是犹豫，一会儿说去溪澜宾馆，一会儿说去西山公园，一会儿又说回蓝光影院，车在路上已经转了40分钟，再这样转下去，这趟活可就……”正在出租车司机盘算时，姚燕彦有了决定：“去帝豪大厦！”

姚燕彦像一个孤魂在帝豪大厦游荡，从一层飘到四层，飘进了依然咖啡屋。姚燕彦感觉很累，在大玻璃窗前坐了下来，要了杯咖啡慢慢品尝。裹着咖啡香甜的水雾从杯口慢慢升腾熏湿了姚燕彦的睫毛，她流下泪来。

姚燕彦感到凄凉，自从来到北京她每次逛街都有人陪伴，从未像今天这样孤单一人。她把脸转向窗外，眼光漫过一个个人头，看过一座座高楼，一间间店铺，感觉一切都是那么陌生，那些繁华与喧闹和她毫无关系。她在这座城市生活了十多年，可她什么都没得到。她努力了，拼争了，可除了几段残碎的感情，一间别人替她租的房屋，她一无所获。她有过恋人，有过情人，还有闺密。可谁真正了解过她哪？连左茜都觉得她拜金，觉得她嫁男人的标准除了钱没有其他。可她是一个有品位的女人，渴望真爱，心底里藏着一团火！

聪明的女人内心都留有一块不向任何人开启的密境，在那里她们的灵魂一丝不挂，自由遨游。姚燕彦现在就是如此，尽管身处繁华的帝豪大厦，她依然把自己蜷了进去，自我审视。她爱鲍平建，鲍平建的冷峻沉稳让她欣赏，鲍平建的眼神、微笑，以及笑时嘴角上翘的弧度都使她着迷，所以她才能忍鲍平建，才对叶溪……

姚燕彦走出帝豪大厦时街上的灯已经亮了。刚下班的人，购物的人，寻地方就餐的人，举着烤串、粘玉米、糖葫芦边吃边逛的男女，把街面装点得繁杂热闹。

姚燕彦绕过这些热闹，站到路边伸手打了一辆出租车，“上溪澜宾馆！”姚燕彦钻进黄色的现代车。

出租车司机哼着歌往前行驶，姚燕彦闭目思索，车开到半路，姚燕彦改了主意：“师傅，前面路口掉头，去电机厂宿舍对面的教工楼。”

“不去溪澜宾馆了？”出租车司机有点莫名其妙。

“不去了！”姚燕彦回答。

“好嘞！”司机答应完开始并道。

二十分钟后车停在了教工楼小区大门口，姚燕彦交了车钱，攥着手机走出出租车。姚燕彦上次接鲍平建的时候对小区印象较深，她还清楚地记得叶溪住的那栋楼在大门左边，但具体是哪栋楼，她有些模糊。姚燕彦四下张望了一下，打开手机翻找上次鲍平建发给她的地址。

姚燕彦进了小区往左拐，按照手机上的地址仰着脖子寻找。小区的光线很好，楼侧面墙体上的编号清晰可辨。“5 号，4 号，”姚燕彦走着，数着，“对，3 号楼在最里面，叶溪家就在 3 号楼最西面的那个单元！”姚燕彦快步走向 3 号楼。叶溪！姚燕彦在拐向 3 号楼的那一刻发现叶溪正和一个男人从她家楼门口往楼侧面走，她立刻停下脚步等叶溪和那个男人的身影移进楼侧的墙体时才快步走向叶溪住的楼门。

姚燕彦躲在树丛后面，看清了叶溪和那个男人。他们好像很熟，在为什么事争吵，但都极力地压着声音，唯恐别人听到。姚燕彦伸直了耳朵也没听到一丝半语，只好拿出手机选了个最好的角度拍照。

曹伟利和叶溪争吵了一会儿就走了，他怎么也没想到身后还尾随着一个女人，这个女人一直跟着他走到小区门口，看着他钻进夏利，开车走远。

开夏利，莫不是开黑车的？姚燕彦脸上露出不屑。

二

两天以后郭老板派人把杨展他们采购的器件送到了溪澜宾馆。

老马站在库房门口拨打工程部办公室电话，电话响了半天没人接，他又拨打杨展手机。

杨展正在中水机房看电工维修水泵，接完电话对身边的田智斌和苟主管说：“材料来了，你们两去采购部帮忙验货，验完就领出来，东配楼急着用。”田智斌和苟主管答应完离去，杨展又给工程部库管赵姐打电话，杨展说：“赵姐，你一会儿去采购部把新进的材料领了，办完入库手续就让田智斌他们领走。”

杨展刚挂了电话，手机又响了，打开一看是姚燕彦打来的，皱了下眉头转身往门外走。

姚燕彦问：“你在哪儿？”

杨展说：“在负二，说吧，没人！”

姚燕彦说：“下班我请你吃饭。”

杨展笑：“你请我？开天辟地！”

姚燕彦说：“没开玩笑，我想告诉你一个秘密，六点在伊依小店，我等你。”

姚燕彦不等杨展说话挂了手机，她对杨展很了解，杨展肯定会去，而且还会如她所愿让她套出她想要的东西。

伊依小店在溪澜宾馆西面的一条小胡同里，位置隐蔽，很有情调。小店虽然不大，但清雅干净，饭菜价格不贵，所以姚燕彦和杨展以前经常光顾。

杨展走进伊依小店时姚燕彦正坐在他们常坐的位置上冲他微笑，杨展不悦的心情便好了起来。杨展绕过木格矮墙走到那个桌位，坐在姚燕彦对面，问：“什么秘密？非要跑到这个地方说。”

姚燕彦说：“关于你的，先点菜，我们慢慢聊。”说着喊过身穿红棕色棉布唐装的女孩来点菜。

两个仿古陶罐装着的啤酒，三只同色陶瓷小盘盛着的精致小菜很快端了上来，姚燕彦把两个陶瓷酒杯斟满，端起自己面前的酒杯喝了一口，夹一块瓜条放到嘴里嚼着。

一直看着姚燕彦的杨展憋不住了，端起酒杯喝了一大口说：“说吧，什么秘密？”

姚燕彦犹豫了一下说：“唉，其实我不应该告诉你，可又忍不住总想提醒你。你……你别再跟你那个姐来往了。”

杨展问：“为什么？”

“她不是什么好人，”姚燕彦不等杨展开口接着说，“她和你来往的同时还和别的男人勾搭！”

“不可能！”杨展说。

“真的，是我亲眼所见。”姚燕彦看杨展盯着她不说话，拿起手机翻找出昨晚拍的照片举给杨展看，“嗯，我昨晚出去办事，撞见一男一女在……我一下认出那女的是你那个姐，立马拍了两张照片。”

杨展夺过手机，仔细看了一会儿说：“嗨，这个男人就是那天恐吓她的那个人。”

“他为什么恐吓她？”姚燕彦问。

“嗯，”杨展感到说漏了嘴，想了一下说，“那个男人怕她把以前的一些事情告诉她以前的男友。”

“啊，”姚燕彦抿了一口酒，琢磨着说，“这么巧，就让你碰到了？会不会是瞎编的，她和那个男人在演戏，目的是想接近你。”

杨展笑了：“接近我干吗？”

“嘿，拉你上钩，坑你钱，现在这种事多了！”姚燕彦盯着杨展说。

“你，你怎么会……嗨，她不是那种人！”杨展说完看姚燕彦不解的样子，说，“我和她细聊过，她恨死那个男人了，那个男人是她男友的哥们儿，她男友入狱后，那个男人乘她酒醉时强暴了她，还用拍下的不雅照恐吓她。”

“这么离奇，像小说里写的。”姚燕彦看了杨展一眼，问，“你就信了？”

杨展点了下头：“嗯。”

“那你没帮她，凭你的性格应该替她去教训那个男人。”姚燕彦假装醋意，笑着问。

“她不让，她怀疑17年前她男友入狱就是那个男人陷害的。”杨展端起酒杯喝了一口，夹了一片腊肉吃着。

“啊，真像一本小说，你这个姐的经历可……”姚燕彦端起酒杯喝光杯里的酒，心想这么容易就得到了我想要的，应该奖励自己一杯！

杨展给姚燕彦把酒杯倒满，说：“是啊，她受了很多磨难，人还是那么善良……所以我很敬重她，欣赏她！”

这个夜晚，杨展和姚燕彦都很尽兴。

月上枝头时，杨展和姚燕彦相互搀扶着走出伊依小店。他们走到路边，打了一辆出租车，姚燕彦在莱茵国际下了车，车继续往前开，三十多分钟后，车驶进金隅蓝湾小区，停在一栋灰色楼房前，杨展掏出皮夹付了车钱，下车走进楼门。

杨展回到家，妻儿已经熟睡，他脱去衣服倒在床上呼呼大睡。

一觉醒来，天已大亮，杨展赶紧起床，推开厨房门看到老婆韩娟在做早饭，便去卫生间洗漱。

杨展站在面盆前刷牙，想起昨晚和姚燕彦说的有关叶溪的事情有些后悔。“不应该啊，叶溪把那么重要的事情告诉我，我应该为她保守秘密才是，可我……”杨展盯着镜子里满嘴白沫的自己，朝镜子啐了口吐沫，“傻瓜，一激动，嘴就没把门的！”杨展胡乱地洗漱了一遍，走出卫生间，回卧室拿手机给姚燕彦打电话。

姚燕彦被手机铃声吵醒，伸手从床头柜上摸过手机，闭着眼接听，

“嗯。”

“是我，昨天我和你说的事，别再和别人说了。”

“就这事？大早晨的把我吵醒。”

“这可不是小事，你记着，千万别说出去！”

“知道了！”姚燕彦挂了电话。

“和别人说，我才不那么傻呢，这么好的信息，我要……”姚燕彦仰身躺在床上盯着房顶想：“这事要是让鲍平建知道，鲍平建就会特别愤怒去找曹伟利算账，同时也会无限愧疚，觉得叶溪所受的一切都是他的错，从而就会……不能，不能让鲍平建知道，但我可以用这些事要挟曹伟利，让他……”姚燕彦脸上露出阴险的微笑。

在晨光中一个年轻漂亮的女人脸上露出这种微笑，实在可怕。姚燕彦也感到了自己的可怕，她安慰自己：“没办法，这都是命运逼的。再说我爱鲍平建，为爱所犯的罪恶，上帝都会原谅。但这些不能让任何人知道，包括左茜，左茜可以接受纵使我拜金，那是因为对她没有丝毫损害。但是若让她看到了我的阴险歹毒，她就会远离我。”

看来姚燕彦的善良还没彻底泯灭，她也厌恶自己现在的样子，所以她才用阴险歹毒这四个字想自己。

三

姚燕彦是一个果断的人，有了计策便开始行动。鲍平建每天晚上都要去医院看父亲，没时间关注她，她正可以用这段时间行动。

姚燕彦用了两个晚上跟踪曹伟利，弄清了曹伟利的拉活规律。第三天中午姚燕彦去国美买了一部手机，一个号码卡，回来时在负二层电梯厅碰到杨展。杨展看姚燕彦挎着紫色皮包一副匆忙的样子问："怎么了？这么急！"

姚燕彦说："嗯，没事，刚回来！"说完拐向右面往小屋去的甬道。

"刚回来，大中午的？"杨展望着姚燕彦的背影纳闷。

姚燕彦回到小屋，关紧门，把皮包扔到床上，拿起凉杯倒水，手机响了。姚燕彦放下凉杯赶紧接电话。

电话是左茜打的，左茜说："你没去餐厅吃饭？"

姚燕彦说："嗯，我在外面，在家乐福买东西。"

左茜说："我说呢，怎么没看到你。唉，这两天忙什么哪？跟鲍老板黏糊上就忘了我了？"

姚燕彦说："哪能啊，我下午去看你。"

左茜说："来吧，我下午正好闲着。"

姚燕彦挂了电话，喝了两杯凉开水，坐到床边，从皮包里取出装手机的盒子。她把盒子里的东西倒在沙发上，找出号码卡装进新手机，按照说明书试了两遍后，把手机装进紫色皮包，然后起身把皮包放到矮柜上，觉得不妥又拿起来锁进柜子里。

姚燕彦把皮包锁进柜子后，走回床边看着床上的东西想了一会儿，弯腰把说明书、耳机等乱七八糟的接线又装回盒子，把盒子塞到床铺底下，躺到床上休息。

姚燕彦躺了一会儿还是无法使兴奋的大脑平静下来。她就是这样，骨子里似乎藏有争胜善斗的基因，平日淡雅沉静，一旦遇事便紧张兴奋，调动起全身的细胞，投入战斗。上小学时她学习很好但从不举手发言，可一旦老师提问她，她便兴奋地浑身战栗，瞬间集中所有智慧，回答得完美正确；工作后也是那样，什么事都不争不抢低头做着自己该做的工作，一旦别人干不好领导交给她办，她就会竭尽全力干得精彩；公开场合讲话、社会上与人交往都是如此，给人的感觉文雅沉稳侃侃而谈，实际上她内心很紧张。

姚燕彦也仔细地分析过自己，她觉得生活让她不得不温和、文静、适应别人；但孤傲、偏激、神经质、渴望出人头地，身体里滚动着一颗躁动不安的心，才是真正的她。姚燕彦在仔细地分析过自己后，有些悲哀，“唉，多亏了爹妈还给了我一个聪明的大脑。”聪明，是姚燕彦一直引以为骄傲的。

现在姚燕彦的大脑在不停地转，接下来她要走的每一步，会遇到什么问题，怎样应对。那些情景她已经在脑子里演绎过很多遍，可还是反复上演，无法抑制。她只好翻身下床，洗洗脸，化了个淡妆，去办公室。

古粉宁见姚燕彦进门，笑着说：“姚姐，鲍总找你。”

姚燕彦问：“什么时候？”

古粉宁还未说话，从里屋走出的总办主任说：“刚才，好像有急事，你过去看看。”

“好！”姚燕彦转身出门，去 8018 房间。

鲍平建正坐在老板台前看一份文件，听到敲门声，喊：“请进！”

姚燕彦推门进屋问：“你找我？”

鲍平建说：“嗯，吃中饭时没见你，你去哪儿了？”

姚燕彦走近鲍平建说：“我去家乐福买了点东西，回来后睡了一会儿。”

鲍平建审视着姚燕彦问：“没什么事吧？”

姚燕彦笑笑：“没，就是有点累。”伸手拿起桌上的杯子去给鲍平建沏茶。

“嗯，这些日子是忙了些，接会，给邬总办那个展览，东配楼检修，一大堆事，各部门都……他们找不到我就麻烦你，”鲍平建望着姚燕彦的背影说，“你下午帮我给邬总送点东西，送完就早点回家休息吧！”

姚燕彦沏好茶，端着杯子走回鲍平建身边，把杯子放到桌子上，倚着鲍平建身子问：“晚上还去医院？”

鲍平建揽住姚燕彦的腰说：“晚上谈父亲的事，他天天闹着出院，我们也怕他总在医院住会起疑心，想先接他出院回家住些日子，下月6号再去肿瘤医院做手术。”

姚燕彦眼睛湿了，鲍平建第一次在办公室里这么对她，和她谈家里的事，她靠紧鲍平建，嘴贴了过去。

鲍平建猛地推开姚燕彦，瞄了眼房门，正襟危坐。姚燕彦捋了捋头发暗笑。鲍平建弯腰从老板台下面的柜门里取出一个礼盒，递给姚燕彦说：“你现在就去，我给邬总打过电话了，他3点左右在办公室等你。”

邬总在海淀，姚燕彦给邬总送完东西就回了莱茵国际。

傍晚六点来钟是教工楼小区门口一天最热闹的时候，大门两侧被卖东西的小摊及临时停放的横七竖八的各种车辆占满。曹伟利的夏利就隐没在那些车辆中，现在他正把车一点点往外挪。他刚看到叶溪走进小区，心安稳了，他要多拉几个活弥补这两天的损失。

此刻姚燕彦正坐在小区对面的味多美看着曹伟利。味多美与小区隔着一条小马路，店面不大，靠窗摆了几张桌子，主要经营蛋糕、面包、咖啡、西式糕点。

姚燕彦已经来了好一会儿，要了杯咖啡，边喝边观察马路对面。她看着叶溪走进小区，看着曹伟利把车挪出停在靠近小区大门的马路边上，便走出味多美走到马路对面假装打车。

曹伟利看到一个漂亮女人伸手打车赶紧从车窗中探出头喊：“去哪儿！”

姚燕彦走过去，拉开车门坐进副驾座说："香山饭店。"

曹伟利瞄了姚燕彦一眼，说："一百？"

姚燕彦脸上露出不屑，说："行！"

车驶过闹区进入主路向西走了十多分钟右拐进入一条宽敞的大路，这是一条刚修建的两车道马路，中间的隔离带种着玫瑰、小叶黄杨，路两旁种着一片灌木。

"你认识叶溪吗？"姚燕彦突然问。

曹伟利一惊侧头看了姚燕彦一眼，没回话。

"还有鲍平建。"姚燕彦的声音冷静冰凉。

曹伟利颤了一下，还没回话。

"你强暴过叶溪。"

"你！"曹伟利的手在颤。

"还给她拍了照，用照片恐吓她，17 年前你还做过对不起鲍平建的事！"姚燕彦的语速越来越急不容曹伟利有一点思索。

"吱——嘎"车停到路边，曹伟利盯着姚燕彦问："你是谁？"

"我是谁并不重要，我能说出这些，你就应该知道我对你已经了如指掌。"姚燕彦靠在椅背上，双手抱在胸前，平静地看着曹伟利。

"你，你想干什么？"曹伟利问。

姚燕彦收回目光，"想跟你谈谈。"

曹伟利被姚燕彦的气势镇住了，缩头团在椅子上不出声，他在飞速思考，身边这个女人是谁，她知道我这么多，我对她却一无所知，看样子她是有备而来，她想干什么？她……"

"走吧，我们找地方谈谈，你也听听我的来意。"声音大而坚决。

十多分钟后曹伟利和姚燕彦走进西山脚下的一个小饭馆，姚燕彦要了一个包间。

“我姓姚，是鲍平建的秘书，”姚燕彦眼睛看着别处首先开口，“还是他的现女友。我几乎了解他的一切，特别是他和叶溪的过去以及他们的感情，”姚燕彦收回眼光：“所以我不希望他见到叶溪，更不希望叶溪告诉他你所做过的事情。”姚燕彦说到此看向曹伟利：“在这一点上我们的利益是相同的！”

“是，是！”眼睛一直跟着姚燕彦转的曹伟利终于松了口气，死灰似的脸色有了些活气。

“所有你要帮我做件事，也是帮你。”姚燕彦盯着曹伟利说。

“什么事？”曹伟利问。

“跟鲍平建说，你发现叶溪不是好女人，她跟很多男人有染。”姚燕彦看曹伟利半张着嘴瞪大眼睛看她，解释道：“鲍平建一直把你当成他最忠诚的哥们儿，说你拉车时看到叶溪跟个男人走进饭店，你为了他跟踪叶溪合乎情理。”

“太唐突了，”曹伟利说，“就这么去跟鲍平建讲，凭鲍平建的智商他不会怀疑我别有用心吗？”

“当然，不能这么去说，要找机会，有证据，做得自然巧妙。这些我会安排。”姚燕彦递给曹伟利一张纸片，“你记我一个手机号，加我微信，我把证据发你，剩下的等我电话。”

曹伟利拿过纸片说：“你让我再考虑考虑。”

姚燕彦说：“你没有考虑的余地，你要不干，我就把你的事告诉鲍平建，赢得他的好感，或许我还有拴住鲍平建的机会。”

“你！”曹伟利眼露凶光。

“哼哼，”姚燕彦笑笑，说，“别动歪心思，我既然来，就留了后手。你应该懂得。”

曹伟利快崩溃了，并不是干这件事有多大风险，干这件事对他利大于弊；主要是姚燕彦的气势，让他有一种被人掐着脖子强喝水的屈辱与无奈。但又能怎么样呢？被人掐着脖子喝水总比丢了命好。

四

第二天早上姚燕彦倚在三层的铁艺环廊上，边低头看书，边等左茜。林义辉走过来搭话：“姚秘书，看什么书哪？这么入迷。”

“啊，林经理，一本小说。”姚燕彦抬起头合上手中的书。

“小说啊，我还以为谁的人生鸡汤哪！”林义辉笑道，“走吧，快到点了。”

姚燕彦说：“你先走，我等会儿左茜。”

手中拿着文件夹，低头上楼的左茜听到姚燕彦的声音抬头冲林义辉摆摆手，林义辉会意，笑着离去。左茜悄悄走到姚燕彦身边，假着嗓子问：“等我干吗？”

“哎呀妈呀！”姚燕彦叫道，“吓死我了。”

“哼哼，害怕了吧？”左茜搂住姚燕彦，“说，昨天干吗放我鸽子？”

姚燕彦小声回答：“昨天我刚想去看你，被鲍老板叫住让我去给邬总送东西。这不大清早就向你请罪来了。”

“唉，鲍老板派你俺不敢怪罪。得，免了！”左茜说笑着挎起姚燕彦胳膊往 6 号会议室走。

开完晨会，鲍平建对姚燕彦说：“十点半你送我去一趟润泽大厦，我去那儿会一个朋友。”姚燕彦回：“好，到时间我提醒你。”

十一点八分姚燕彦把鲍平建送到润泽大厦门口，鲍平建说：“你自便吧，两个小时后接我。”

姚燕彦说：“好，我正想去医院开点药呢。”

鲍平建看着姚燕彦问：“怎么，不舒服？”

姚燕彦说：“没事，就是嗓子有点疼。”

鲍平建说：“你去吧，别着急，不行我打车回去。”

姚燕彦坐在京泰医院的候诊大厅用新买的那部手机给曹伟利打电话，姚燕彦说：“一个小时以后你在润泽大厦门口等，他让我两小时后接他，我去不了。”说完挂了电话。

姚燕彦让医生开了些双黄连口服液、银黄颗粒等中成药，到药房取了药，去开车。姚燕彦把一塑料袋药扔到副驾座上开车驶出医院，驶回润泽大厦。

润泽大厦是一座U字型建筑，左右两边底层是餐饮和高档商铺。姚燕彦坐在润泽大厦一层肯德基的一个临窗的座位上注视着润泽大厦出口，她看到鲍平建走出来便拨打他的手机。姚燕彦说：“我正往你那儿赶，有点堵车，你别着急。”

鲍平建说：“没事，你慢点开。”

鲍平建收了电话四处观望，忽听右前方有人喊他，仔细一看是曹伟利，曹伟利从夏利车上下来正朝他走。

曹伟利走到鲍平建身边问：“大哥，你这是？”

鲍平建说：“我刚会了一个朋友，正等车来接我。你怎么到这儿趴活儿来了？”

曹伟利说：“嘿嘿，我刚送完一个去天外天吃饭的客人，就趴这儿了，省得回去放空车。”曹伟利说完回头看看问：“大哥，您那车还没来？”

鲍平建说：“没，刚才电话说路上有点堵。”

“那我送您！”曹伟利挠着头笑着说，“就是……我的车破，怕大哥嫌弃。”

鲍平建笑了：“你小子，走，送我回宾馆！”

“好嘞！”曹伟利颠颠地跑去开车。

坐在肯德基窗前的姚燕彦看到曹伟利开着车离去脸上爬上笑容，起身走到服务台点了份香辣鸡柳饭慢慢吃着。

曹伟利显得很兴奋，边开车边东一句西一句地跟鲍平建说着，曹伟利说：“大哥，我好长时间没见您了，记得上次见您还是三年前，你回去看伯父在小区门口碰到我，劝我去二平那儿干。这时间一晃就……”

一直听曹伟利唠叨的鲍平建问：“上次见面你还记得？”

“记得，过去那些哥们儿走的走，散的散，只剩您这么一个大哥了，我总是想您。哎，大哥，叶溪回来了！”曹伟利看看鲍平建说，“你说啊，这么多年过去了，叶溪还是那么漂亮！”曹伟利顿了一下又说：“唉，就是人变了！也是，她跟着蒋毅那么一个唯利是图的小人能不变吗？”

“她怎么变了？”鲍平建问。

“唉，一言难尽，我那天在大江南看见她和一个男人，”曹伟利说到半截住了嘴，看着鲍平建，鲍平建脸色阴沉，曹伟利现出害怕，“嗯，嗯，和一个男人很亲密。”

鲍平建问：“你吃饭了吗？”

“没。”曹伟利摇头。

“那好，我们去春再来喝酒。”

“好，好，我陪大哥。”

曹伟利和鲍平建在春再来喝了一个多小时，便散了。两个各怀心思的男人酒喝得并不痛快，但他们都得到了自己想要的。

五

姚燕彦在鲍平建和曹伟利刚走进春再来酒馆的时候给鲍平建打过一个电话询问他在哪儿，说自己已经到了润泽大厦可是找不到他。鲍平建说："你回去吧，我碰见一个朋友，聊会儿天，聊完打车回宾馆。"

鲍平建和曹伟利喝完酒从春再来酒馆出来，曹伟利给鲍平建打了一辆出租车，扶鲍平建上车后，大着舌头叮嘱司机把鲍平建送到溪澜宾馆。

鲍平建闭眼坐在副驾座上心情极不平静，他不肯相信叶溪会变成曹伟利说的那样，可当曹伟利拿出手机让他看那些照片时，他就不得不信了。特别是杨展握住叶溪的手和叶溪倾诉时的那张照片，鲍平静看到时脸色突变，他问曹伟利："你从哪儿弄到的？"曹伟利说："我那天送个人去建材城，在建材城东门停车时恍惚看到叶溪挽着一个男人走了过去，我想不会啊，叶溪在深圳，难道回来了？可那个男人不像蒋毅，我就想不行，得仔细看看，我就跟踪他们……跟他们进了旁边的大江南饭庄躲在柱子后面观察，我看到……嘿嘿，就拍了这张照片。"

鲍平建信曹伟利，因为当年曹伟利为了效忠他就经常这么干，监视别的兄弟，回来向他打小报告；跟踪和他们对立的团伙，给他提供情报。"多亏了曹伟利，否则自己还拿叶溪当宝贝，哪能想到她和自己的下属有私情呢。"鲍平建想到这就不想回宾馆了，他怕见到姚燕彦，怕一激动又和她倾诉。他以前向姚燕彦袒露过对叶溪的真情，可叶溪竟是这样的女人，太丢脸了！这件事一定要憋在心里不能跟姚燕彦讲。于是鲍平建让司机改道去枫栌香郡的别墅。

枫栌香郡别墅区在西山脚下，十几座棕红色房顶灰白色墙体的三层小楼掩映在枫树、黄栌中。鲍平建的那幢小楼坐落在别墅区的东北角。

司机把车开进小区拐了两个弯就到了。

鲍平建付出租车司机钱时，管家老刘迎了出来，老刘扶着有些醉意的鲍平建走进别墅，走进餐厅。老刘按鲍平建的要求把酒菜给他准备好退了出去。鲍平建便继续喝酒。

第九章

一

杨展带着田智斌、苟主管、任主管等在东配楼巡查工人更换客房电路插板及卫生间水龙头、花洒的工作，边走边看边说，快下班才回主楼。穿过庭院时杨展瞥见姚燕彦走进宾馆正门，虽然他们中间隔着一片花草，但他清楚地看到姚燕彦胳膊上挎着那只紫色皮包。

“又出去了，她这两天有些反常，莫不是……”杨展心里犯嘀咕，自从他和姚燕彦在伊依小店喝完酒心里便总感到不安。虽然第二天早上他打过电话叮嘱过姚燕彦不要把叶溪的事说出去，但姚燕彦是谁？一个他无法把控的心机女，说不准什么时候她为了自己的利益就会把这件事利用上。杨展越想越担忧，觉得应该告诉叶溪他一时糊涂把她的秘密告诉了别人。于是他对旁边的人说：“你们先走，我打个电话。”

杨展走到僻静处掏出手机给叶溪打电话，电话很快通了，杨展说：“叶溪姐，那天我不是说请你和博儿吃饭吗，我今天正好有时间，你看怎么样？”

叶溪说：“我倒有时间，可博儿去不了，博儿现在每天晚上都上课。”

杨展说：“那好，我先请你，我有事和你说。”

杨展和叶溪还是约在大江南饭庄，二人落座后叶溪问杨展：“你要和我说什么？”

“唉，”杨展说，“上次咱俩在这吃饭被姚燕彦的朋友拍了照片，第二天她就找我闹，说我有了女人还赖着不和她分手。我知道她是看上了鲍平建找茬和我分手，我也正想和她掰呢，但我不能平白无故地让她污蔑，我就告诉她你是我新认的姐。”杨展发现叶溪脸色异样忙解释：“嗨，姚燕彦就是我上次跟你说的那个女人。”

叶溪问：“鲍平建是？”

“鲍平建是我们老总，姚燕彦给他当秘书。”

“啊，我知道了。”叶溪沉思着说。

杨展继续说：“那天我说了你是我新认的姐后她就不闹了，我们也谈好从此彻底分手。可前几天她又找我说请我喝酒，要告诉我一件事。我就答应了。喝酒时她劝我别再搭理你，说你还有别的男人，还翻出手机里的照片让我看，我一看原来那个男人是曹伟利，我就……”

“等等，什么照片？”叶溪打断杨展的话。

“是曹伟利和你的，光线很暗，好像在你家楼下。”杨展说。

“啊，她说是谁拍的了吗？”叶溪问。

“她说是她偶然碰到拍的。”杨展回答。

“偶然？”叶溪感到了自己的失态，抬头冲杨展笑笑，说，“啊，你接着说。”

“我一看是曹伟利就告诉她这就是恐吓叶溪姐的那个男人。她说你就傻吧，那是他俩在演戏，想骗你钱，现在这种事多了。我为了证实你不是那种人就把曹伟利强暴你的事说了。我，”杨展看看面色灰白的叶溪，说，“我说完就后悔了，怕给你带来什么不好的后果，可已经说出去了！”

“不怨你，我应该知道，要不不说，既然说了就不可能保密。”叶溪脸色苍白像是自语又像是说给杨展，“这件事我憋了 17 年，没向任何人说过，可就在那时憋不住了，这可能就是命吧！”

叶溪有些不知所措，她和杨展是这种关系，杨展是鲍平建的下属，姚燕彦情人；姚燕彦又是鲍平建女朋友、秘书，不大点工夫知道了这么多信息，这里面蕴藏着什么？会给她带来怎样的麻烦？叶溪在不停地思索。

“叶溪姐，我，我……”杨展不知道叶溪的困惑，他以为叶溪只是害怕丑事被传扬出去，心里很内疚，便紧着道歉。

叶溪见杨展一副低头认罪的模样，端起酒杯说：“算了，不想它了，我们喝酒！”

“喝！”杨展也端起酒杯。

二

叶溪回到家，喝了点水，蜷在沙发上想心事。

上次在茶楼叶溪听鲍平建讲过他开了一个饭店，但没想到是溪澜宾馆，更没想到杨展是他的下属，姚燕彦是他的秘书。而且姚燕彦又知道了她被曹伟利强暴的事，按杨展的说法姚燕彦是个心机女又迫切地想得到鲍平建，那姚燕彦会不会拿这件事做文章哪？上次喝茶时鲍平建明白地跟她讲他要结婚了，女方就是和他一块吃饭的那个女人。这么看那个女人很可能就是姚燕彦，只是杨展还不知道罢了。叶溪想到此心揪了起来，左手在不停地颤抖。她预感到会有什么不好的事情发生。不知道为什么她从小就有这种特异功能，一旦遇到恶人或会有什么凶险的事情发生，她左手就会止不住地颤抖。但那些事什么时候降临，会给她带来什么，她猜不出来。

“猜不出来就无法应对……那些事可不能让博儿知道，可……不行我得探探情况。”叶溪想着拿起手机给鲍平建打电话，对方没接。过了一会儿她又打，电话响了几下被挂断了。又打，又被挂断。叶溪明白了，鲍平建不想接她的电话。

此刻鲍平建正醉倒在枫栌香郡别墅的餐厅里，攥着手机，等着它再次响起。手机第一次响时，他看了一眼是叶溪的电话，理都没理；手机再响，他看了一眼，挂了；手机再响，他又挂。他以为手机还会响，他再挂，可手机却不响了。“嘿，你！”鲍平建感到失落，一种刚要发泄就乍然而止的失落。

鲍平建从椅子上站起身，晃晃悠悠地走出餐厅，对赶过来扶住他的老刘说：“给我叫辆车。”

老刘问：“打电话叫姚秘书？”

“不，叫出租。”鲍平建摆摆手。

叶溪听见敲门声，起身去开门。门打开，鲍平建满脸怒气地站在门外。叶溪堵在门口问：“你干吗？”

“干吗，我想和你聊聊！”鲍平建满口酒气。

“太晚了，改天吧。”叶溪要关门。

“不行，”鲍平建推开叶溪，挤进门，瞪着血红的眼睛说，“今天我要和你好好聊聊！”

“你……好，你说！”叶溪关上门，走到桌边，望着窗外不说话。

鲍平建转向叶溪盯着她的背影说：“你诱惑杨展做你的情人，你跟建材城老板也有一腿，你还假装跟我余情未了，你在男人中周旋，只是为了钱财，没有半点真心！”

叶溪浑身战栗慢慢转过身，一字一句地说：“鲍平建，8 年大牢把你坐傻了，更让你变成了一个虚幻的疯子！”

“我虚幻，是我虚幻还是你早已变得破烂不堪？”鲍平建上前几步拽住叶溪。

泪水瞬间从叶溪眼里流出，她甩开鲍平建的手，颤抖着说：“是，我早已变得破烂不堪！”转身往阳台走。

鲍平建愣了一下冲上去拉住叶溪问：“为什么？你为什么要这样？难道是蒋毅那个混蛋也把你教得没心肝了吗？”

事情就是那么凑巧，这时蒋博正开门进屋，看到一个男人拽着母亲，一个箭步冲了上去。

“放开她！”鲍平建感到脖颈被一只手紧紧抓住。

“博儿，放手！博儿！”叶溪回头看到蒋博大叫。

“去你的吧！”蒋博猛一松手，鲍平建跌倒在地，蒋博抬起脚向鲍平建踢去。

“不，他是你，”叶溪马上就要说出那句话了，突然改口，“他是我和你爸爸的朋友！”

蒋博一愣收回悬在半空的脚，疑惑地看着叶溪。

叶溪上前把鲍平建扶起，满脸泪痕地看着鲍平建说：“你先走，好吗！”

鲍平建被叶溪乞求的眼神镇住了，他默默地走出叶溪家，走下楼，走出楼门。

蒋博是个懂事的孩子，鲍平建走后，他什么也没问，躲进卧室里做功课。

叶溪洗了澡回屋睡觉，躺在床上翻来覆去地想：“这就是那件事，终于发生了，还让突然回家的博儿看到了，虽然博儿没问，但他看我的眼神充满疑惑，我该如何向他解释哪？是谁跟鲍平建说了那些？会是姚燕彦吗？她为什么要搬弄是非？难道是为了……”夜空的颜色变成微白时，叶溪还在想。

三

姚燕彦昨天下午接到曹伟利向她报喜的电话后高兴了一阵，但一直到下班也没见鲍平建回宾馆，心里便不安起来。她去职工餐厅吃完晚饭，回到 8018 办公室一直待到晚上九点还没见鲍平建回来，只好回莱茵国际休息。

今天早上七点，姚燕彦就来了溪澜宾馆，她去负二层吃了早饭，坐电梯上到八层。八层楼道寂静无人，姚燕彦出了电梯厅往 8018 办公室走，路过 8017 房间时停下脚步贴着 8017 房门细听，没听到一点声响。姚燕彦脸上现出忧郁，松着肩走到 8018 办公室门口，掏出钥匙打开房门，走了进去。

七点三十分鲍平建走进 8018 办公室，姚燕彦一脸惊喜，鲍平建问：

“这么早？”

姚燕彦答：“啊，起早了。”

鲍平建走到办公桌前翻着桌上的文件问：“昨天没事吧？”

“没，嗯，”姚燕彦把沏好的茶放到桌上说，“人事部把培训方案送来了；安保部把应急预案送来了；采购部老马找你签字；还有……”

鲍平建坐到椅子上问：“工程部和客房部的应急预案还没送来？”

“没，我一会儿催催他们。”姚燕彦回答。

“算了，一会儿晨会上我和他们要。”鲍平建抬头看看墙上的电子钟说，“快到点了，我们走吧！”

“好！”姚燕彦答应完和鲍平建一同走出8018办公室，往电梯走，边走边聊。

“鲍总好！”

“鲍总好！”

古粉宁和实习生黄灿迎面走来向鲍平建问好。

“好！”鲍平建回。

姚燕彦冲古粉宁微笑，古粉宁对姚燕彦做了个鬼脸，快步走过。黄灿低头对古粉宁说：“姚秘书气质真好！”

古粉宁说：“那当然，要不怎么挑她做秘书哪。”

姚燕彦表面上谈笑自若，心里却在嘀咕：“怎么一点都看不出来哪？难道是他昨天晚上找了叶溪，消除了误会？或是……”鲍平建越如同以往，姚燕彦越心神不定，越急切地想从鲍平建的神态举止中发现丝毫的不正常。

姚燕彦在晨会上终于发现了蛛丝马迹。那是杨展发言的时候，鲍平建始终没看杨展一眼，给旁人的感觉是鲍平建低头在本上记着什么，可坐在他旁边的姚燕彦看得清楚，他什么也没记只是画圈，一个接一个地画，越画越快，越画越乱。姚燕彦明白了鲍平建是在克制着对杨展的愤怒和厌恶，既然这样那就说明鲍平建信了叶溪和杨展的事。姚燕彦笑了。

下午老马去 8018 办公室找鲍平建签字，姚燕彦没在，鲍平建接过一沓单据仔细地看过后，抖着几张单据问老马：“工程部的这些用料都检验过了？”

老马回：“检验过了，是他们自已验的。”

“嗯，”鲍平建边在单据上签字边说，“以后你也要学学，别老指靠别人。”

老马点头：“好！”

鲍平建签完字把单据递给老马说：“你坐，咱们聊聊。”

“好！”老马顺从地坐到鲍平建对面的沙发上。

鲍平建问了老马一些物品采购方面的情况后说：“工程部的用料你们都从昌茂进？”

老马说：“是，杨展和郭老板很熟。”

鲍平建说：“郭老板那儿有个女人和杨展关系不错？”

老马说：“嗨……那个卖灯具的，人长得漂亮，杨展那小子又是情种，每次去都关照她。”

“哦，”鲍平建像是无意地问，“那个女人和郭老板也——？”

老马来了兴趣：“可不，郭老板看那个女人的眼神都不对，关系肯定也不一般。唉，现在这个世道，漂亮女人……”

鲍平建是想从老马这证实一下曹伟利昨天说的事情，可他找错了人。老马是个粗人，练过地摊，拉过黑车，瞎说胡侃惯了，何况他又没看出鲍平建的用意，添油加醋事情就变了味道。

老马的话像一把铁锨把叶溪从鲍平建心里彻底挖走了，这在临下班时得到了印证。那时光线柔和，姚燕彦正倚在窗前看庭院里的花草。鲍平建从文件上抬起头，看着她说："我想请你看电影。"

"嗯，"姚燕彦回过头，惊喜地看着鲍平建问，"你不去医院了？"

"不去了，"鲍平建站起身走向姚燕彦，搂住她说，"我父亲下午出院了，我弟弟接的。"他用手抚摸着姚燕彦的头发说："我们这就去外面吃饭，吃完饭看电影。"

"嗯，嗯。"姚燕彦抬头望着鲍平建，眼中充满泪水。

"傻丫头。"鲍平建的嘴贴了上去一点点亲吻姚燕彦的眼，睫毛……嘴……

姚燕彦哭了，倒在鲍平建怀里呜呜地哭。

四

星期日下午鲍家客厅一派喜气。门窗一尘不染，红木餐桌新铺了一块牡丹花图案的桌布，油炸的香气从厨房的门缝里钻出来弥漫了整个房间。鲍父端坐在沙发上看着忙碌的人们满脸是笑。他身上那件浅灰色毛料西装是5年前过生日时鲍平建送的，一直压在箱底，今天终于派上了用场。

鲍父看二平媳妇正捏着一撮碧螺春往刚刚洗过的青花细瓷茶壶里放，立刻喊住她："哎，不沏这个，沏那罐金骏眉，女人喝红茶好。"

"好，"二平媳妇缩回手，去拿金骏眉，小声嘟囔着，"真是的，从没见你这么高兴过。"

鲍父从前天鲍平建跟他说星期天带女朋友来家就开始张罗，一会儿叫保姆小凤搞卫生；一会儿叫二平媳妇去买新桌布，还点名要白色中间带红色牡丹花图案的，说是喜庆；最后还叫来二平让他把溪澜宾馆中餐厅的赵大厨请家来做饭。二平问：“我哥知道吗？”鲍父说：“他不知道，他知道怎会同意。”二平说：“我哥不知道就请，他非骂我不成。”鲍父说：“骂？你说我让你请的，他敢骂！”二平没辙，只好折中，请了赵大厨的徒弟小周。

还真让鲍父说对了，鲍平建见了小周只是一愣，随即就推出笑脸说：“辛苦你了！”但二平心里还是忐忑，找了个空当向鲍平建解释：“爸非要瞒着你请赵大厨来家做菜，我没办法只好请了小周。”鲍平建拍拍二平的肩膀说：“没事，只要爸高兴。”

姚燕彦见到小周也是一惊，随即便是欣喜，表面却很平静。心想：“这下好了，小周是个大嘴巴，不出今晚我和鲍平建的事就会被嚷嚷出去，鲍平建想掩盖也掩盖不住，从今以后谁也不敢小瞧我了！”姚燕彦想着瞄了鲍平建一眼，鲍平建的表情让她猜不透，但她敢肯定鲍平建想的和她截然不同。

姚燕彦很讨鲍家人喜欢，特别是鲍家的一老一小。

开饭前，鲍平建和二平在小屋聊天，小凤在厨房给小周打下手，二平媳妇倚着厨房门框看他俩，姚燕彦陪着鲍父和希希在客厅说话。

姚燕彦拿出一个驼色礼盒送给鲍父说：“伯父，这是一套纯棉睡衣，柔软吸汗，穿着舒服。”

鲍父接过礼盒，乐得合不拢嘴，说：“你想得真周到，我正想买这么一件呢。”

二平媳妇撇撇嘴，用手遮住半边嘴，小声对小凤说：“看，倔老头也会说话了。”小凤看了小周一眼，冲二平媳妇笑笑没说话。

姚燕彦又拿出一个精美的小盒递给希希说：“这个送给你，感觉好看就买了，也不知道你喜欢不。”

希希打开小盒高兴地叫了起来："手串，好漂亮啊！谢谢阿姨！"

二平媳妇闻声走过来，看着希希手腕上的碧玺手串说："这孩子，就喜欢这些花里胡哨的东西。"鲍父说："女孩子嘛，爱美！"

晚餐很丰盛。小周是个聪明人，这种场合使出了全身招数。鸡、鸭、鱼、虾及各色蔬菜在他的摆弄下配上金边粉花瓷盘摆到餐桌上像一件件精美的艺术品，色形味绝佳，很受大家喜欢。

这天下午是鲍家最近一段时间最欢乐的时光，特别是鲍父高兴得忘了病痛。可不是吗，儿子终于有了女朋友，而且还这么漂亮，懂事，鲍父脸上一直挂着温和的微笑。鲍父想，看样子，这俩人过不了多久也该结婚了，然后再生个孩子，自己就可以去见老伴了。虽然儿子们一直跟他说他只是肝上长了一个肌瘤，过几天动个手术割去就好了。可他心里有数，自己一定是得了绝症，活不了多久了。能在有生之年看到鲍平建结婚生子是他的最大愿望。

鲍平建怕影响父亲休息，吃过晚饭就带着姚燕彦离开了。

五

晚上十一点，左茜正要入睡，手机响了。"谁呀，这么晚还来电话。"左茜看了老公一眼，嘟囔着伸手从床头柜上拿过手机，按了接听。手机里传出姚燕彦的声音，"左茜，你没睡吧？"

"没睡！你诈尸啊？这么大声。"左茜夸张地拿远手机。

"嘻嘻，我要告诉你一个喜讯，要不你明天从别人那里听到，又该怪罪我了。"

“喜讯？鲍平建向你求婚了？”

“就算吧，他送了我一个钻戒，3克拉，刚在帝豪大厦买的，嗯……”姚燕彦躺在莱茵国际那张白色的大床上，边伸着右手中指对着灯光晃，边对着手机讲，“……关键是下午他带我去他爸家了，是宾馆中餐厅的小周做的菜，我怕小周回到宾馆乱讲，传到你那儿，让你怪罪，所以先告诉你。”

“这么神速，鲍老板真是与众不同！”左茜由衷地赞叹。

“明天细聊，不打扰你了，做个好梦！”姚燕彦挂了电话。

姚燕彦的声音像被钻石滤过闪着光耀，晃得左茜心躁，“做个好梦，哼！”左茜看了老公一眼把手机扔在床头柜上，“她把我的梦全砸碎了，上哪儿做去？”撩起被单蒙住脑袋。

左茜老公掀开被单，用手拨弄着左茜的脸说：“嫉妒了？不就是个3克拉的钻戒吗？明天咱们去买！”

“不！”左茜睁开眼睛说，“我才不买那些面子货哪，我们得攒钱买大房子，供女儿……”左茜说着偎进老公怀里睡着了。

正如姚燕彦预测得那样，星期一上班，她和鲍平建的事就在宾馆里传开了，越传越精彩，越传越离奇。人们在传播中有意或无意地加上了自己的想象，到了临下班时事情演变成了一部女秘书钓上了富总裁的电视剧。

历来八卦只是在暗中风推云送，当事人是听不到的，当事人只是从人们的眼神，表情，对他或鄙弃或献媚的态度上去感知。姚燕彦本来就有点神经质，又心怀鬼胎，一走进宾馆就感到了异样。她从人们的眼睛里看到了媚态，当然眼睛后面还有东西，比如嫉妒、蔑视、不屑等等，但她不想看，那些人性的特点她都有，她又何必在意。她只要人们眼里的羡慕和媚态。你看人们已经用那种眼神看她了，像看一个能掌握他们命运的人——溪澜宾馆的老板娘。

杨展几乎是溪澜宾馆最后一个知道这件事情的人。尽管他已经看透了姚燕彦，尽管他已经不再喜欢姚燕彦，尽管他早就预感到事态的走向，但当他听到那些传闻，心还是隐隐作痛。那种被耍弄被遗弃的屈辱，像一块巨石压在他的头顶，辐射下的失败感瞬间传遍他的躯体，让他不得不佝偻起腰背。不行，他必须找个人聊聊，把满腹的郁闷、屈辱倾泻出去，否则他要垮了！

傍晚杨展和叶溪坐在大华建材城旁边的一个小饭馆里喝酒聊天。

“……我真没想到她会这样，她怎么会这样，原来她早有预谋，她勾引上了鲍平建，还和我……唉，我就是个傻子！”杨展越说越气，说完瘫坐在椅子上，茫然地望着叶溪。

“其实不必那么痛苦，即使爱错了，可我们爱的时候是美好的，这就够了。该放弃的时候，就放弃吧！”叶溪看着别处幽幽地说。

“我不是不放弃，是被她耍弄，心不甘！”杨展盯着叶溪好看的侧脸解释，他怎么也不会想到叶溪是在说她自己。

“那样的女人谁不耍弄？使手腕、玩心机是她的生活模式，你和她不是一种人，你不理解。我想她……”叶溪转过脸，眸子闪着光亮。

“你是说？”杨展问。

叶溪刚一听到杨展说出鲍平建和姚燕彦的事很激动，料定在鲍平建面前搬弄是非的人肯定是姚燕彦，否则鲍平建那晚不会那么对她。叶溪差一点就把自己的猜测及她和鲍平建的过往说出来了，但她没有。说出来又有什么用，徒增杨展的烦恼不说，还会让大家的关系变得更复杂甚至把鲍平建的婚事搅黄。还是瞒着杨展吧，这样对鲍平建兴许会更好，他受尽苦难，好容易找了个女人，不管姚燕彦出于什么目的，只要她对鲍平建好，我就当什么事都没发生过，躲在远处默默地祝福他们。叶溪平静了一下说：“啊，我是说姚燕彦一个人在北京混，一定吃过很多苦，她这么做有她的理由，你和她不是一类人，别生气了。”

“嗨，她那个人我早看透了，只是猛一听说，气得不成。”杨展端起酒杯喝了一口说，“和你叨唠完，也就没事了。”

叶溪和杨展聊着聊着心情都好了起来。

六

鲍父做手术那天是个阴天，早晨下了几滴雨，雨停后烟尘氤氲。鲍平建一家人等在手术室外，心情就像窗外的天气阴沉憋闷。

时间一点点走过，手术室大门一直紧闭，鲍平建感到时间是那么难熬，手变得冰凉。姚燕彦靠紧他，握住他的手。鲍平建望了姚燕彦一眼，眼中闪过泪影，心想：“多亏让她来了，否则……”鲍平建把脸转向窗外，面容变得温柔：“在这个凄凉的上午有她陪着真好！”

鲍平建此刻是那么依赖姚燕彦，依赖她身体传递给他的每一丝温度，于是他下定决心娶她。等父亲做完手术，接完“华夏寻根之旅”那个团他就带着她去一趟意大利，去看她向往已久的米兰大教堂……然后给她一个像样的婚礼。

鲍父的手术终于做完了。医生说：“手术还算成功，主要看后期发展。”医生的话给鲍家人心里留下了一片阴影，却让姚燕彦心生喜悦，她想医生的话对鲍平建就是一道催婚令，鲍平建不得不考虑尽快娶她，给鲍父一个安慰。

第十章

一

几场雨过后，秋风把树叶一点点渲染成黄色，九月在人们的忙碌和期待中走过，转眼就到了 9 月 28 日——“华夏寻根之旅”入住溪澜宾馆的日子。那天晨会开得很短，会后鲍平建跟左茜在大堂、餐厅、东配楼、庭院转了一圈，走到咖啡厅时，二人坐下聊天，鲍平建问：“入住时间是下午 3 点，没有变动吧？”

左茜回答：“没有，刚才我还和他们领队通过电话，飞机准点起飞。”

鲍平建点头：“好，这样晚餐就能准时开始了。”

左茜说：“是，前台和客房那块儿早点晚点都无所谓，关键是西餐厅的晚餐，准备时间必须掌握好。”

鲍平建说："哪块儿都不能松懈，我们第一次接这种团队，会发生什么事情是我们无法预料的，所以我们要反复检查，做好应急预案。"

"也真怪了，鲍平建像事先知道会有灾难降临似的。"火灾后的一天下午左茜跟姚燕彦说起 9 月 28 号上午鲍平建和她坐在咖啡厅说话时的情景时说。

正像鲍平建所说，那场火灾发生得突然，谁也没有想到，所以当火灾来临时人们惊慌失措。

9 月 28 日下午 5 点多钟溪澜宾馆正处在一片欢乐中。一百多名花一样的少年操着多种语言在主楼和裙楼间穿梭，一向安静的宾馆大堂突然沸腾了。这些少年刚在东配楼入住完，正准备到主楼的西餐厅就餐。急性子的已经坐在了二层西餐厅或趴在二楼环廊的栏杆上喊下面的朋友；行动慢的刚穿过庭院走进大堂四处观望；也有坐在咖啡厅闲聊的，站在商品部挑选纪念品的，谁也没有想到一场火灾正在酝酿。

西餐厅设在二层的东南角，是一个二百多平的长方形餐厅，厨房设在北面，厨房侧面是洗碗间，洗碗间后面有一个检验室，用来检验食品用。此刻检验室没人，右墙角的冰箱下面插线板开始冒烟，有火苗闪烁。冰箱紧挨着写字台，写字台下面放着拖鞋、纸箱等一些杂物。

西餐厅随着少年们的涌入逐渐热闹起来。餐饮部在安排西餐厅的菜品时费了一番心思——正餐采取自助形式，主要以西餐为主，为增加孩子们的新鲜感还安排了烤鸭、煎饼果子、灌肠、水饺等具有中餐特色的现场制作档口。这些吃惯了西餐的孩子们对那些现做现吃的中式饮食充满了兴趣，纷纷堵在档口领取。

最先感到不对劲的是一些嗅觉好的人。刚开始有一两个鼻子尖的闻到一股焦煳味，四下看看没发现什么便跟同桌的人说："怎么有一股烧焦的味？"同桌的人嗅嗅鼻子应和："是啊，怎么回事？"于是众人环顾四周。

众人正在纳闷，一个女人从洗碗间跑了出来喊道："经理，不好了，着火了！"顿时浓烟从洗碗间的门里冒出来，餐厅里乱作一团，人们纷纷叫喊着往外逃。

"哎！"李怡冰面对混乱的场面不知所措，拽了一下身边发愣的女服务员喊，"报警，打电话报警！"女服务员如梦初醒掏出手机拨打119。

此时鲍平建正坐在大堂靠窗的沙发上吸烟，听到喊声抬头观看，看到二楼不少人嗞哇乱叫争着往下跑，顿感不好，碾灭香烟，起身就往旋梯走，边走边掏出手机给安保部经理打电话。电话占线，他加快了脚步。

鲍平建赶到西餐时，安保部经理周鹏已经在现场指挥安保部的人灭火了，只见洗碗间窗户上的玻璃噼啪爆碎，浓烟翻滚着从窗口、门口涌出，里面火光闪闪。

鲍平建问："为什么不启动喷淋设备？"

周鹏说："怕误报，喷淋系统一直关着，现在正在启动。"

十多分钟后火被扑灭，鲍平建刚松口气，一个服务员跑进来报："消防车来了！"鲍平建看周鹏，眼光凌厉。周鹏问左右："谁报的119？"左右的人都摇头。周鹏对鲍平建说："可能是餐饮部报的，中控室没接到他们报警。"鲍平建阴着脸说："先下去应付吧，一会儿向我汇报。"

晚上8点由各部门经理和消防主管参加的临时会议在6号会议室召开。开会的人各怀心思，有的人心事重重想把大事化小，有的人遮遮掩掩推卸责任，有的人急于弄清真相洗刷自己，有的人暗中窃喜在看热闹。

会议开了一个多小时，火灾的情况基本搞清了，鲍平建最后发言。鲍平建说："我只说5点，希望大家仔细听。1. 火灾原因正在调查，火灾损失不大，没有伤亡事件。2. 各部门经理回去按我刚才说的向员工传达，要求员工不要再议论此事，更不要在 QQ 群、微信朋友圈、网上发布图片等任何消息。如果碰到客人询问要统一口径安抚、解答。3. 左茜负责和‘华夏寻根之旅’领队沟通，向他们解释，耐心听取他们的要求和意见。4. 西餐厅关闭等待事故调查，改用云贵厅和湘粤厅接待‘华夏寻根之旅’。5. 安保部尽快对火灾原因进行调查写出书面报告，对大厦的消防报警系统及相关的规章制度进行自查梳理，做好接受消防主管部门询问的准备。”

鲍平建讲完上述五条看看大家，端起水杯喝了一口说：“这次火灾损失不大，但给宾馆造成的影响极坏。主要原因是有些部门应急处理事情的能力差，面对突然发生的情况乱了方寸，没有及时报告中控室却打 119 报火警；还有的员工拍照片发到朋友圈扩散。这把大火暴露出我们的很多问题，我记得安保部没少对员工进行应对突发性火灾的培训和演习，可到真格上就不行了，这是怎么回事？是否存在走过场的问题？我们一定要好好想想。好了，我今天就说到这，大家回去工作吧！”

众人散去后鲍平建掏出手机给彭大仙打电话，跟彭大仙说了火灾的情况，请他约消防局的朋友出来坐坐。彭大仙听后一口答应说：“放心吧大哥，我一会儿就打电话，约在明晚怎么样？”

鲍平建说：“好，就明晚。”

鲍平建打完电话才感到有些累了，站起身，伸伸腰，走到窗前点燃一支烟吸了起来。

窗外灯火阑珊，一片安静，鲍平建的内心却波澜起伏无法平静，想着这么些年他走过的路程感慨万千，“唉，万幸的是这次火灾没有人员伤亡，否则这么多年的辛苦就泡汤了。”

在这个看似平静的夜晚，溪澜饭店的几个部门经理都和鲍平建一样无法安宁。最闹心的当属杨展，他从听到着火的那一刻心就提了起来。是什么原因引起火灾？会不会是电器打火引起的？控制西餐厅的空开和电闸是新换的，若是电器打火，空开会不会没起作用？这些问题一直在杨展脑子里盘绕。

二

第二天下午，8016办公室的门敞着，姚燕彦在跟古粉宁闲聊，瞥见周鹏从门口走过，她像突然想起了什么对古粉宁说："哎哟，我差点忘了，鲍总要的文件我还没给他呢，不聊了，赶紧办正事去。"说完走回自己的办公桌，从抽屉里翻出一份文件，拿着走出办公室。

姚燕彦走进8018办公室时鲍平建正听周鹏汇报，周鹏看姚燕彦推门进来收住嘴向姚燕彦微笑。姚燕彦朝周鹏笑了笑走到鲍平建身边把文件放到桌子上说："你要的文件，刚整理完。"拿起水杯走进卫生间。

鲍平建拿起文件看了一眼，又放回桌子上，看向周鹏说："你接着讲。"

周鹏说："我这个朋友是火灾调查专家，他根据火点处的痕迹、物证初步判断火灾原因是电插板打火所致。我觉得一般情况电插板打火，漏电保护器应该马上断开，不会引起火灾，这次是不是漏电保护器没起作用。"

鲍平建眼神变得犀利，盯着周鹏说："先不要轻易下结论，找一下电器方面的专家让他们帮助判断一下。"

周鹏说："好，我这就去办。"

“嗯，”鲍平建想了一下说，“刚才你跟我说的先不要跟别人讲，保护好火灾现场。”

周鹏回答：“好，那我先走了。”

鲍平建和周鹏谈话时姚燕彦一直在偷听，周鹏走后姚燕彦端着茶杯走出卫生间，姚燕彦把杯子放到鲍平建面前说：“这两天你太累了，我给你沏了枸杞菊花茶，你尝尝。”

鲍平建端起杯子抿了一口说：“谢谢，我还真有点上火。”

姚燕彦在鲍平建额头吻了一下说：“你忙吧，我去整理会议纪要。”

姚燕彦出了8018办公室，急匆匆地往电梯厅走，边走边拨打杨展手机。电话通了，姚燕彦问：“你在哪儿？”

杨展说：“我正想出去，什么事？”

姚燕彦压低声音说：“我有重要事情告诉你，你在哪儿？”

杨展一惊，说：“我正往停车场走，你到那儿找我。”

杨展见到姚燕彦就问：“什么事？”

姚燕彦看看四周，没言声儿，领着杨展往附近的一个柱子后面走，走到柱子后面转身盯着杨展说：“你干的好事？”

杨展说：“我干什么了？”

姚燕彦说：“干什么了，西餐厅着火是电插板打火所致，电器材料都是你进的，你说你干什么了？”

杨展说：“谁说的？着火原因找到了？”

姚燕彦说：“周鹏刚向鲍平建汇报完，你说你干吗占那点便宜，我早就警告过你吧，你就是不听，你啊！”

杨展说：“我怎么了，我不是为了你吗？你那么奢侈，我不捞点怎么养活你。”

“你，”姚燕彦急了，“我就知道你会这么说，我告诉你，你自己做事自己担，别把我搭上。”

杨展推了姚燕彦一把，“你嚷什么，你放心，踏踏实实做你的鲍太太好了，我不会搅了你的好梦！”

此刻鲍平建正走进停车场，听到争吵声一愣，停下脚步仔细观察。他发现争吵的人躲在一个柱子后面，便轻手轻脚地绕到一个能够看到那个柱子后面的地方，隐藏起来观察。

十多分钟前鲍平建接到彭大仙的电话说给他约好了消防部门的朋友，约在怡雅阁茶楼，五点半见面。鲍平建放下电话看看表四点多了，就起身往车场走，没想到在这看到了这一幕。

这一幕让鲍平建震惊，让他肯定姚燕彦和杨展的关系不一般，他俩好像在为什么事争吵，什么事哪？鲍平建猛然醒悟，是为失火的事，刚才周鹏向他汇报时姚燕彦就在旁边，周鹏走后姚燕彦也匆忙离去了。那么姚燕彦和杨展是什么关系哪？是利益还是感情？鲍平建突然感到他对姚燕彦了解太少了，那个成天在他眼皮底下晃悠的文静女人还有另一副面孔，那副面孔可能才是真正的姚燕彦。

怡雅阁的见面很融洽，消防局的朋友对案情分析后说：“溪澜宾馆这次失火没有人员伤亡，就好办多了，停业整顿不会，只要你们自己把火灾原因调查清楚，写个报告交上来，问题应该不大。我们介入调查只是走个过场。哈哈，现在网络社会，一点事就放到网上传播，大家已经习惯了。”

三个人谈得正欢，鲍平建手机响了。鲍平建掏出手机，一看是姚燕彦打来的，便冲彭大仙二人笑笑说：“你们聊，我出去接个电话。”鲍平建走出包间接电话，姚燕彦说：“平建，你一会儿来莱茵国际吧，我给你煮了百合银耳粥。”

鲍平建说：“不了，我在和朋友谈事，要谈到很晚。”

姚燕彦说：“那……好吧！”挂了电话。

鲍平建收了电话没有马上回屋，他从姚燕彦的语气中听出了失望。姚燕彦为什么失望，是因为他不去姚燕彦那里，姚燕彦得不到她想要的信息。姚燕彦急于让他过去无非是想多了解些火灾的信息及对杨展的处理意见。鲍平建想到此笑了：“女人啊，太着急了！”鲍平建还不想戳穿姚燕彦，但他决定对杨展下手，身边两个重要职位的人暗中勾结或因为私情或因为某种利益，对他都是危险的。他必须斩断一个。鲍平建微笑着走回包间。

三

曹伟利听到溪澜宾馆失火的消息很是兴奋，这么多天了他终于可以抬起头笑笑了。“鲍平建，你也有倒霉的时候。嘿嘿，一倒霉就是大事。失火，好家伙，烧成啥样了？嘿嘿，我得去看看。”曹伟利卸了活，绕个弯去了溪澜宾馆。曹伟利开着车围着溪澜宾馆绕了一圈，除了发现溪澜宾馆比往日热闹外没任何异样，这让曹伟利很失望。他甚至怀疑失火的传闻是谣言。

曹伟利不甘心，他要找个人问问清楚，“找谁哪？”曹伟利想到了姚燕彦。虽然他干完那件事后，姚燕彦一直没再理他，但他把姚燕彦调查清楚了。他知道姚燕彦住在莱茵国际，知道她几点出门上班，知道她经常去哪个超市买东西。

曹伟利把车停在莱茵国际门口西侧便道，等了一支烟的工夫，姚燕彦走了出来，曹伟利嬉笑着迎过去。姚燕彦看见曹伟利一惊，赶紧向四下看看，然后说："你干吗来了？"

曹伟利嘻嘻地笑着说："没事，看看。"

姚燕彦拉下脸："没事别找我！"

曹伟利缩着肩往前凑凑："听说溪澜宾馆失火了，大吗？"

姚燕彦白了曹伟利一眼："不大，你幸灾乐祸是吧？"姚燕彦沉着脸挤过曹伟利往前走："你走吧，我要上班了。"

曹伟利拉住姚燕彦："哎，我送你。"

姚燕彦甩开曹伟利的手："不用！"继续往前走。

曹伟利和姚燕彦纠缠时鲍平建就躲在马路斜对面的车站亭子后面，虽然距离较远，但看得很清楚。

鲍平建昨晚睡得不好，起床后感觉有些晕，但他还是换上运动衣去跑步。鲍平建的速度较往日慢了些，快到莱茵国际门口时他停下脚步看了看表，刚好7点，他向马路对面看了一眼，发现曹伟利的夏利停在那里，心生疑惑。当时曹伟利正望着东侧莱茵国际的大门口，没发现鲍平建。

经过昨天下午车场那件事鲍平建变得很警觉："曹伟利在等谁？难道是姚燕彦？"一股寒气从鲍平建脊背骨窜过，他为自己突然冒出的想法感到害怕："姚燕彦要是跟曹伟利熟识，事情就复杂了。不行我必须弄清楚！"鲍平建想着继续往前跑，跑了100多米，躲在车站亭子后面观察。

面对眼前的一切鲍平建懵了，他感到自己被一个圈套围住，那个圈套里的人都是他最信任的人，可那些人特意地向他隐秘了他们之间相互认识的真相。那些人相互之间是一种什么关系？他们到底要干什么？有什么阴谋？鲍平建的大脑在飞速运转，他要以最快的速度理清这团乱麻，找到突破点，剪断这个圈套！

"姚燕彦是我的秘书，想结婚的女友，背着我和我的工程部经理杨展密谈，跟和我从小一起长大的哥们儿曹伟利鬼鬼祟祟；叶溪是我17年前的女友，无法忘记的女人，却成了杨展的情人，和我的供货商还有一腿，而这些都是曹伟利告诉我的。他们之间到底发生了什么？和这次失火有什么关系？”此刻鲍平建的大脑异常清醒，还没跑到溪澜宾馆大门，突围的办法就想好了——从曹伟利下手。鲍平建有把握从曹伟利下手，查出他预感的藏在暗处的那个阴谋。

已经8点了，鲍平建还没有来，坐在6号会议室的人们你看看我我看看你心中充满疑惑。总办主任走进来向大家宣布：今天晨会往后推迟一个小时，大家先各自忙去吧。人们散去，姚燕彦问总办主任：“鲍总有事？”

总办主任说：“你不知道？”

姚燕彦说：“我起晚了，在员工餐厅吃完饭就直接来了这里。”

“啊，”总办主任意味深长地笑笑说，“鲍总在8018开会。”

姚燕彦听了总办主任的话内心忐忑不安，脸上却平静如水，她对总办主任笑笑问：“你不上去了？”

总办主任说：“不上去了，一会儿又该开会了，瞎跑什么。”

姚燕彦说：“那好，我先上去，上去干会儿活。”

姚燕彦坐电梯上了8层，走到8018门口没敢推门进去，站在门外听了一会儿也听不清里面说什么，想贴近门细听，听久些，又怕引起别人怀疑，只好转身离去。

此刻8018房间里的会已经开了一会儿。开会的共四人，鲍平建、覃副总、周鹏及人事资源部经理方芳。周鹏刚介绍完对失火原因的调查情况，鲍平建看看众人说：“结论已经有了，失火是因为电器插板打火所致，漏电保护器没起作用。漏电开关是新采购的，不存在老化问题，那很可能是伪劣产品。这种伪劣产品进了多少？都用在哪了？这是一个很严重的问题，需要进一步追查。我的意见是让杨展停职，协助调查。你们的意见呢？”

方芳说：“我没意见，关键是杨展停职谁来主持工程部的工作。”

鲍平建说：“我和覃副总商量过了，让他先代理几天，你们抓紧考察一下现在的三个主管谁合适提拔，或者再招聘一个。”

方芳看看覃副总笑着说：“那当然好，覃副总搞工程出身，那帮小子糊弄不了他。就是辛苦覃副总了。”

覃副总说：“没事，我先代理几天，你们抓紧考察。”

鲍平建看下表说：“那好，就这么定了。现在是八点半，由方经理起草一份文件。”鲍平建看着方芳说：“你现在就写，写完我们看看，然后打印出来，九点钟晨会上宣布。”

鲍平建在晨会上宣布的决定让很多人诧异。姚燕彦虽然有些预感但听到鲍平建宣布时心里还是一紧，她没想到鲍平建做事会这么神速，而且事先没向她透露一点风声，昨天下午鲍平建还是那种态度，还嘱咐周鹏仔细调查不要轻易下结论，没想到一夜之间就变了。是鲍平建昨天下午故意瞒她，还是这段时间发生了什么？姚燕彦感到恐慌，她本来还想跟鲍平建探探情况，帮杨展说说好话，看样子什么都不要做了。只有乞求杨展还念旧情，交代问题时别把她捎上。

四

曹伟利接到鲍平建约他喝酒的电话心生疑惑，鲍平建为什么要请他喝酒呢？他想了半天终于想明白了，鲍平建准是为失火的事心烦，想找他聊聊。

曹伟利走进春再来酒馆 2 号包间时鲍平建已经要了酒菜。“大哥，你，你都来了。”曹伟利突然有些慌乱。

“坐！”鲍平建面无表情指指对面的座位，端起酒杯自饮。

“好。”曹伟利乖乖坐下，腿开始颤抖。

“喝。”鲍平建看了曹伟利一眼，欲拿酒瓶给他倒酒。

“我，我自己来。”曹伟利拿过酒瓶把面前的酒杯倒满。

曹伟利见鲍平建不再说话低头喝酒，心里慌得不行，强忍着拿起酒杯，拿杯的手在微微颤抖。

“你认识姚燕彦？”鲍平建猛然抬头盯着曹伟利问。

“我，不，我不认识。”曹伟的手停在半空，杯中的酒液泼泼洒洒，洒了一手。

“你认识！”鲍平建眼光犀利，“你不仅认识，还和她一起密谋……”

“不，是她，”曹伟利不等鲍平建把话说完就开始坦白，“是她让我干的，她说她爱你，她怕你还想着叶溪不和她结婚，就让我去跟你说叶溪坏话。”曹伟利偷眼看了下鲍平建，感觉无法再隐瞒了就竹筒倒豆子继续往下：“她那天假装打车找到我，说她是你的女朋友，了解你的一切。说她知道我是你最好的哥们儿，由我去和你说我为了你跟踪叶溪，发现了叶溪和男人勾搭的事你一定相信。”曹伟利抓起酒杯喝了一口继续说：“那些照片是她发我的，话也是她教的，一切都是她安排的，我觉得她爱你，她要和你结婚对你挺好的，所以我才同意帮她。”曹伟利在拼命地转动脑瓜，极力地想挽救局面。他想：“看样子鲍平建还没去问姚燕彦，我一定要说姚燕彦是为了爱他才这么做的，如果鲍平建也爱姚燕彦就不会去追究这件事，我也就安全了。”

曹伟利开始慢慢地平静下来，平静下来后他才感到鲍平建只是怀疑或者了解点什么，但了解的并不多，想从他这儿诈出更多的东西。于是曹伟利开始后悔，但后悔已经晚了，只好慢慢地往回找了。

不管曹伟利怎么往回找，鲍平建都不想往下听了。世事难料，这个从小跟他一起长大，对他忠心耿耿的哥们儿，竟然听命于一个突然闯入的陌生女人的安排，设计欺骗他。“为什么？难道像他所说，是为了我好？屁话！还有姚燕彦，平日看似那么文雅淡泊，怎么就突然变成了心机女？和一个拉黑车的勾结去陷害另一个女人。爱我，为了爱就可以欺骗我,就可以不顾一切耍尽手腕导演这么一场戏,把我玩弄于股掌之中?太可怕了，姚燕彦到底是一个什么样的女人？曹伟利的话到底有多少是真的？不行我必须再去证实。”

五

晚上，夜幕降临，当黑色把一切都变得隐秘时，溪澜宾馆 8017 房间却变得格外明亮。鲍平建把房间的灯全打开了，他正和姚燕彦在灯下交谈，他要把姚燕彦看清楚。

桌子上摆着酒菜，姚燕彦有些感动，鲍平建今晚和往常不同，鲍平建今晚喝得很少，很慢，话却很多。鲍平建说：“我不浪漫，工作又忙，从跟你好了以后没怎么陪你，可我对你是真心的。生意场上人心险恶，所以我没有什么朋友，仅有的几个也是大老爷们，喝酒骂人还可以，想谈些男女私情，真开不了口。可和叶溪的那段感情折磨得我难受，所以我常借酒……”

姚燕彦伸手握住鲍平建的手，眼里映着泪光。鲍平建把手退出，端起酒杯喝了一口继续讲："那个夜晚以后，我就把你当成了这个世界上最了解我的那个人，甚至有些依赖你，因为我几乎把一切都告诉了你。我似乎有了一种惯性，痛苦的时候就找你喝酒、倾诉，你总是默默地听我说，你那么通解人意，那么温柔恬静，你……我几乎已经把叶溪从心中移走了，打算跟你结婚过一辈子，我想接完这个团就带你去一趟意大利，看你向往已久的米兰大教堂，然后给你一个隆重的婚礼。"

鲍平建说到这看向姚燕彦，姚燕彦满脸泪水。鲍平建脸上露出鄙夷的微笑，说："可你却那么等不急，费尽心思地指使曹伟利，让他到我面前诬陷叶溪。"

"我，"姚燕彦表情瞬间僵硬，问，"谁，谁告诉你的？"

"谁，曹伟利！"鲍平建回答。

"哼，哼哼，"姚燕彦挤出两声干笑，"他的话你也信！"

鲍平建盯着姚燕彦，眼光像刀子般尖利："我为什么不信？那是我光着屁股一块长大的哥们儿！"

"哥们儿？"姚燕彦疯狂了，她已经抓到了那只水晶鞋，可瞬间又要失去，那么好吧，就把它砸个粉碎！姚燕彦一字一句地说出："哥们儿强奸你的女人！"

"什么？曹伟利对你？"鲍平建瞪大了眼睛。

姚燕彦摇摇头："不，不是我，是叶溪。"

鲍平建一把拽住姚燕彦问："叶溪？"

姚燕彦扒开鲍平建的手，嘲笑道："你不是有本事调查我吗，你怎么不去调查调查曹伟利，曹伟利17年前就强奸了你的女人，还一直恐吓她不准她说出去。"

鲍平建"啊"的一声跌倒在沙发上。这世界怎么了？怎么了？怎么会变成这样？他什么都想到了却从未怀疑过曹伟利，没有怀疑过曹伟利对他的忠诚！可曹伟利却那么坏，坏到强奸叶溪，简直不可想象。那么叶溪哪？ 17 年来叶溪忍受了多大的痛苦才活到今天，这后面还隐藏着多少他不知道的秘密。鲍平建不敢往下想又不得不想。

第十一章

一

鲍平建一夜未睡，开完晨会开车去了大华建材城。他把车停在建材城东门，掏出手机拨打叶溪电话。叶溪接到电话有点奇怪，问：“有事吗？”

鲍平建说：“我想跟你聊聊。”

叶溪看看左右说：“我刚上班。”

鲍平建说：“我已经到建材城东门了。”

叶溪犹豫了一下说：“好，我这就过去。”叶溪和同事打过招呼，攥着手机去了东门。

鲍平建看叶溪走出东门，从车窗探出头挥手招呼叶溪上车：“嗨，这边！”

叶溪绕到车右侧拉车门坐进副驾座。叶溪刚坐稳，车就开了。叶溪说："哎，我还上班呢。"

鲍平建笑道："借我半天，我给你开工资。"

叶溪说："你！"车颠了一下，叶溪急忙抓住车扶手，吐出后面的话："你这个人怎么这么强硬！"

鲍平建说："带你去个清静的地方，好好聊聊。"

四十分钟以后鲍平建的车驶进枫栌香郡别墅区，驶进东北角那个有着一幢棕红色房顶灰白色墙体的小楼的院落。

"这里比较清静，平常只留老刘一人打理……"鲍平建停好车领着叶溪走进小楼，边走边介绍。叶溪跟在鲍平建身后一直不说话。二人穿过大厅上了楼梯走到二楼，走进一个小客厅，老刘送来沏好的普洱茶，关上门离去。

门关上，屋内的气氛变得沉闷，鲍平建斟茶，叶溪扭头观看墙上的装饰。

鲍平建看着叶溪好看的侧影说："我对你的印象一直定格在 17 年前的那个下午，我和你在幼儿园门口分手去单位值班。然后就是两个月前的那个晚上，我去你家找你。这中间隔了 17 年，这 17 年来你经历了什么？我很想知道。"

叶溪抖了一下回过头看着鲍平建，说："不管什么，都过去了，让一切隐没，重新生活不好吗？"

鲍平建说："我试着隐没过去，甚至已经忘了，可过去终究是个谜，不打开看清楚，无法安宁。"

"打开了又怎样？"叶溪把头转向右面盯着墙上的画说，"一幅画坏了的画，你会厌恶的。"

"不，不管那是一幅什么样的画，我都不会厌恶。"鲍平建端起茶杯送到嘴边又放下说，“17 年前我被关进电机厂小黑屋里的那个夜晚最想见的人就是你，我想告诉你，我没偷铜排你一定要相信我。但我没见到你就被移交给公安局。那时我还想见你，跟你说，别怕，事情会弄清的，关不了几天我就会出去。再后来我被判了十年，进了监狱，我还想见你，我要告诉你，别等了，找个好人嫁了吧！可你一直没出现，他们带给我的消息是你嫁人了，嫁给了蒋毅。我愤怒了，你嫁给谁都行，但不能嫁给蒋毅，所以我还想见你，我要你当着面告诉我为什么嫁给蒋毅。可真见到你时，我却没问。我自己都说不明白为什么没问，可能是岁月把我磨老了，磨得皮糙肉硬对你的爱早已淡去。直到昨天，我产生了一种冲动，冲动地想立刻见到你，问问你当时为什么嫁给蒋毅，这么多年你过得怎样。”

叶溪看着墙上的画一动不动，大颗的泪珠从脸上滑落。

鲍平建不看叶溪继续说：“我知道你因为我一定受了不少苦，你嫁给蒋毅有你的苦衷，曹伟利强暴了你，你……”

“不！”叶溪转过头，满脸是泪，“不要说，不要说了！”叶溪疯了似的哭叫：“为什么，你为什么偏要说出来！你知道了，你厌恶我，你就在心里厌恶好了！为什么要说出来？”

鲍平建慌了，他从未见过叶溪这样，他奔过来抱住叶溪，说道：“我没厌恶你，我怎会厌恶你？我是心痛！”

“17 年了，这块伤疤我藏了 17 年，不敢告诉任何人，包括蒋毅。可你，你又把它扒出来，血淋淋地抛到我面前！”叶溪趴在鲍平建怀里“呜呜”地哭着。

“我错了，我不该说出来。”鲍平建搂着叶溪，吻她的头、脖颈。叶溪慢慢地平静下来，离开鲍平建坐到沙发上。鲍平建抽出纸巾递给叶溪，叶溪接过纸巾擦干了泪水低着头问鲍平建：“谁告诉你的？”

鲍平建说："姚燕彦。"

"姚燕彦！"叶溪抬起头，眼睛通红，"你们不是已经订婚了吗？她怎么会告诉你这些？"

鲍平建给叶溪倒了杯茶说："说来话长，那天……就这样，曹伟利在我的逼迫下说出姚燕彦指使他到我面前诬陷你的事，我就去诈姚燕彦，姚燕彦恼羞成怒把曹伟利供了出来。"

叶溪说："我没猜错，是他俩合伙耍弄了你，你听信了他俩的话，才在那天晚上去我家闹。"

鲍平建咬着牙说："曹伟利，那混蛋，我饶不了他！"

叶溪说："别，你先不要动他！"

鲍平建问："为什么？"

叶溪看着鲍平建说："鲍哥，你对蒋毅可能有些误会，他真的没害你，那天晚上他是想……"

鲍平建打断叶溪的话："算了，不说他了，那些事已经过去了，何况他已经死了。"这两天鲍平建想了很多，曹伟利17年前就背叛了他，那之前曹伟利对他说的话就很可能会像这次一样是在欺骗他或者陷害别人。在蒋毅的事上他不再相信曹伟利，但也不完全相信叶溪，因为叶溪终归是蒋毅老婆。现在他最想听的是叶溪为什么不让他动曹伟利。

叶溪固执地说："蒋毅活着的时候就怀疑那晚可能是曹伟利在你车上做了手脚，他临死的时候还对我说，铜排可能是曹伟利放上去的。"

鲍平建惊愕："曹伟利？"

叶溪说："是，很可能是他陷害你，我们还怀疑他在把你移送给公安局、判刑等问题上都使了反力。"

"为什么？他为什么对我这样？"鲍平建瞪大眼睛问叶溪。

"嫉恨，"叶溪看着鲍平建不解的眼光说，"他先是嫉妒你，然后转为恨，嫉恨之火早把他变成了没有人性的魔鬼。17 年前我在街上徘徊的那个清晨，突然悟到了这一点。”

鲍平建和叶溪谈了很长时间，谈得很好，鲍平建始终没问叶溪为什么会嫁给蒋毅，叶溪也没说。对鲍平建来说那已经不太重要了，叶溪今天还能和他坐在一起喝茶聊天就足够了，他不能让叶溪尴尬。

鲍平建陪着叶溪享用完老刘做的饭菜后把叶溪送回大华建材城，又回到溪澜宾馆处理失火后的一些事情。

二

上个月小袁就回家生孩子去了，店里只剩下叶溪和李姐。

临近中午时叶溪叫李姐先去吃饭，她在店里值班。建材城到了中午基本没什么客人，李姐走后叶溪拿出一本书坐下来慢慢翻着。这本罗曼·罗兰的《约翰克里斯多夫》是前些日子从书架上拿的，书页已经泛黄，记得当年爸爸买回来时她读过一遍，书中的内容还隐约记得，现在她已经没了读长篇小说的耐心,拿来只是为了打发没顾客时的那点时光。

李姐很爱聊天，邻居大姐跳广场舞时和哪个男人搞到了一起，旁边卖灶具的女人偷汉子时被老公逮住打破了脸，黑瘦的许二妹儿子不争气考了两年才考上一所三流大学,一件件拴上了爆竹似的从她嘴里往外喷。

“哎呀呀，哎呀呀，你是没见过，许二妹的儿子又矮又瘦，眼睛还一大一小，小的那只像道细缝，又考上这么一所破大学，将来找不到工作不说，找老婆都是问题，你看我儿子……”李姐的眼睛鼻子跟着嘴一起扭动，扭动完瞪着叶溪要求回应。

叶溪清楚，不回应，她就会变成那两片刀子下的肉；可回应了更糟，她的话会被撒上味精拌入调料传遍整个建材城。所以叶溪从家里拿了这本书，再用苹果、香蕉、面膜、洗发水、丝袜、发卡等乱七八糟的小礼物堵住李姐那两片刀子嘴。效果还真不错，叶溪成了李姐喜欢又无法走近的女人。这是叶溪想要的结果，但她并不想在这里久留。等生活再稳定些她会找一份适合她的工作。

叶溪低头翻看着书，突然听到旁边的屋子有人争吵，声音越来越大，好像是杨展的声音。"杨展什么时候来的？他怎么会和郭老板争吵呢？"叶溪放下书走到墙边细听，那屋的争吵声清楚地传入她的耳膜，她心变得沉重。

"叶溪！"李姐进门就喊，"杨展和郭老板吵架哪！"

叶溪说："嗯，我听到了。"

李姐眼睛嘴一起使劲："快，快过去劝劝去！"

叶溪说："我过去劝不合适。"她把书收进柜子，拿出钱包说："我饿了，我去吃饭，你盯着哈。"

叶溪走过郭老板办公室时里面的争吵声小了，她走出建材城东门找到杨展的车，站在车旁等杨展。

过了一会儿杨展从建材城东门出来了，他看到叶溪有些尴尬，问："你都听到了？"

叶溪点点头，说："嗯，走，我请你吃饭！"

杨展跟着叶溪去了旁边的川菜馆。叶溪让杨展点菜，杨展推回菜单说："你点吧，我烦着呢，我就想喝酒。"

叶溪点了酒菜，给杨展满上，杨展拿起酒杯喝了一口，说："我真没想到，郭老板会骗我，他答应得好好的，钱上找齐，货绝对正品！可……"

叶溪说："我听说溪澜宾馆着火了，可没想到会和你进的货有关。你进货时没验吗？"

杨展说："验了，我让苟主管验的。"

叶溪端起酒杯抿了一口说："那苟主管也有责任。"

杨展说："是啊，可我不是在郭老板这儿有短吗？当初我为了讨好姚燕彦，带着她吃喝玩乐花了不少钱，手头紧的时候和郭老板借了六万块钱，就为了这六万块我每次进货都给他让价。可我有底线，价他可以要到同类产品的上线，但货必须保证质量，可他这次竟然……"

叶溪说："刚才你们吵了半天我听得不太清楚，你是想让他帮你赔偿宾馆的损失费是吧？损失费多少？他同意了吗？"

杨展说："15 万，他怎会同意。"

叶溪说："那让宾馆找他，宾馆总比你个人的力量大，不行和他打官司。"

杨展把杯里的酒喝光说："打官司，打官司浪费人力物力，鲍平建才不干那傻事哪。鲍平建和我谈了，让我赔 15 万，不赔把我告上法庭。"

叶溪拿过酒瓶给杨展满上问："别人哪？电器主管，餐饮部，相关人员都应该受到处罚。"

杨展说："别人好像还没有处罚，只是我被停职，罚 15 万，可我上哪儿找 15 万去！事嚷嚷出去以后工作都不好找。"说完端起酒杯又喝个精光。

叶溪不忍看杨展绝望的样子，拍拍他的手说："别着急，下午我去找鲍平建！"

杨展疑惑地问："你去找鲍平建？"

叶溪喝了口酒说："我和鲍平建认识。"

杨展眼神变得迷茫，问："认识？你们怎会认识？我多次在你面前提过鲍平建，可你？”

叶溪说：“我不是成心瞒你，我是不想说。”她停了一会儿说：“他就是我跟你说的我那个男友。”

杨展惊讶，随口问出：“那博儿？”

叶溪点头：“对，博儿是他的儿子，多亏你上次没告诉姚燕彦这件事，否则说不定她会对博儿下手。”

杨展恍然大悟，问：“她对你没怎么吧？她后来又问我你在哪儿上班，我也告诉她了。”

叶溪笑笑：“你别担心，她对我做了些手脚，但现在没事了。”

“叶溪姐，”杨展抓住叶溪的手说，“我对不起你，我给你添了那么大的麻烦，你却一点都没怪我，你不仅没怪我，你连一丝都没向我透露，我知道你是怕我知道后难受，我……”杨展语无伦次地说着，他从心底里敬佩叶溪，和姚燕彦相比，叶溪才是真的沉稳淡然，宠辱不惊！

三

鲍平建接到叶溪要见他的电话很惊喜，当叶溪坐到他面前，说明来意后，他的脸沉了下来。叶溪瞟过鲍平建的脸色自顾自地往下说，她不能停下来给鲍平建发作的间隙，那样这场谈话就会失败。

“……我被曹伟利拉扯时，一个男人走过来大喊一声‘住手！’那个男人就是杨展，他把曹伟利吓走后，转身走了。我当时以为以后不会再见到那个男人，后悔没说声谢谢，可事情就是那么巧，后来他到郭老板那儿买东西我们又见面了，我才知道他叫杨展，聊得投机，他要认我姐姐，我觉得他爽直，仗义，很像年轻时的你，就同意了。我当时是有私心的，我在北京没有一个亲人和朋友，遇到事情很需要朋友帮忙。我们之间什么都没有，只是吃过两三顿饭，都是他遇到烦心事找我诉说。第一次就是姚燕彦和你好了后想甩掉他，骂他穷光蛋没出息等羞辱他，听说那次还被姚燕彦的朋友拍了照片；第二次是姚燕彦请他喝酒，醉酒后被姚燕彦套出曹伟利强暴我的事，酒醒后他怕给我引出什么麻烦约我吃饭告诉我。我感觉他其实不坏，就是六年前一时糊涂和姚燕彦发生了婚外情，他和姚燕彦好了后，吃喝玩乐花了不少钱，给姚燕彦买玉镯子时，手头紧向郭老板借了六万块钱，他为了还那六万块在进货时让价。可他一直要求郭老板，货必须是正品，质量上必须保证。这次进的货他也让电器主管检验了，没想到郭老板骗了他。”

叶溪说到这看了鲍平建一眼继续说：“当然这都是他自己说的。他上午去建材城找郭老板理论，俩人争吵时声音很大，我听到后才知道溪澜宾馆失火和他进的电器有关，问他时他跟我说了这些。”叶溪说完看着鲍平建。

鲍平建阴着脸问：“你为什么告诉杨展曹伟利强暴你的那件事？”

“我也说不清楚，或许是憋得太久，那时正有一个出口，或许是命运的安排，命运以那种方式把我难以启齿的痛苦传给你，让你帮我承受。建哥，”叶溪眼里盈满泪水看着鲍平建说，“我信命！”

鲍平建握住叶溪的手，脸变得温柔。

叶溪喘了口气说：“有时候一个差错就可以毁掉一个人的一生，让他的亲人饱受煎熬，我不想 17 年前我经历的事情再次发生。”叶溪说到这乞求地望着鲍平建：“救救杨展吧！我在北京没有亲人，从他叫了我姐后，我就把他当成了弟弟，我不想看着他趴下。”泪水从叶溪眼中涌出，她扭头看向别处，喃喃地：“他不像你，他没有你的坚毅更没有你的胆识和智慧，他趴下了就可能再也爬不起来！”

鲍平建眼睛变得模糊，他想起了自己，他被眼前这个女人感动了。这个女人让他心疼，她经历了那么多苦难还是那么善良，他不能再让她流泪了。

鲍平建心中涌起万般柔情，他的坚毅和冷硬瞬间被融化了，被融化了的还有他一直坚持的管理原则，他坐到叶溪身边搂住叶溪说：“放心吧，杨展没事，我以为他和姚燕彦合伙玩我，一时气愤才做了那个决定。现在一切都清楚了，我会再考虑的。赔偿费会少很多，如果他拿不出来我会帮他把钱垫上；处罚是必须的，要不宾馆怎么管理？处罚吗？可以把他降为副经理，正经理的位置还给他留着，等……”鲍平建摇着叶溪，边想边说，像哄一个小女孩。

叶溪瞪大眼睛看着鲍平建，有一种回到过去的恍惚。很多年以后叶溪回忆起这件事时调侃道：“哼，我一使美人计你就晕菜了！”鲍平建笑着应和：“可不，我倒在美人的石榴裙下，晕得天昏地暗，一塌糊涂！”

鲍平建送走叶溪就给杨展打电话，他让杨展马上来8018办公室见他。

杨展接完电话去见鲍平建，心里忐忑不安。

四

姚燕彦前天晚上歇斯底里地爆发后特别痛快。“有什么，不就是水晶鞋吗？我得不到就把它摔碎了！我看到了它粉碎时的模样，痛快！一下子甩掉伪装把真实的自己显露出来，从此不用再精心装扮，不用提心吊胆地害怕那些事情会暴露，是多么的痛快。”

姚燕彦从那晚奔出溪澜宾馆就没再来上班，姚燕彦没来上班谁也没问。未来的老板娘不来上班，鲍平建不问，谁敢问。明着不问不等于暗着不问，暗着问也讲究方式，道术浅的人用嘴问，道术深的大师们用鼻子、耳朵、神秘莫测的眼神探问。

姚燕彦在家躺了两天后开始后悔，当第三天的日光从窗外照进屋内时她从床上爬起来，带着一颗悔意的心穿过午后的街巷走进了溪澜宾馆。进入溪澜宾馆姚燕彦便被那些眼睛鼻子搞得悔意深重，她在那些萦绕着她的意味深长的眼神驱使下走向 8018 房间。

姚燕彦走到 8018 房间门口停下脚步，伸手推门的那一刻里面传出鲍平建和杨展的谈话声。姚燕彦听了几句就知道自己来晚了，她已经失去了坦白自首的机会，于是她转身向电梯厅走去。姚燕彦走得很快，走到电梯厅又退了出去，绕道去了消防梯。

姚燕彦沿着消防梯台阶往下走，越走越慢。她想去二层找左茜和左茜聊聊，可聊些什么哪？告诉左茜她这几天经历的一切，左茜听了会怎么想？自己找左茜聊天想得到什么？同情？嘲讽？同情左茜肯定会说几句，那又有什么用呢？嘲讽就算了吧！她已经一败涂地，再经不住左茜撒胡椒面了。何况左茜这几天都没有找她，这很不正常，说不准左茜已经像那些人一样感觉到什么，在躲着她呢。人呢，说不好，落魄时自己都会厌恶自己，更何况别人。姚燕彦走着想着，走到二层拐弯处没有拐入去左茜办公室的楼道，而是继续往下走，一直走到负二层，走进那间小屋。

姚燕彦趴在小屋的床上呜呜地哭了起来，哭够了，翻身仰躺在床上，盯着天花板想了好长时间，才起来去柜子里翻找。姚燕彦把找出的东西一件件放到床上，然后从柜子下面找出一个帆布提包，把找出的东西放进提包里。

姚燕彦提着提包，打开门，往外走时停下了脚步，回身环顾屋内的一切。这间小屋曾经那么温暖，似乎现在还残留着几丝暖意。姚燕彦想：“要是不发生以后的一切，或许她会像刚走进这间小屋时设想的那样，做两年鲍平建的秘书，找机会活动活动，升任部门经理，在溪澜宾馆工作下去。”

姚燕彦提着帆布提包走出小屋，走出溪澜宾馆，在宾馆门前坐上出租车回到莱茵国际她那间一居室。姚燕彦此时突然感到，当初鲍平建为她租下这间一居室时就预示了他们的结果——昙花一现。

姚燕彦整理好行装，拿起手机坐到椅子上发了两条微信，一条给鲍平建，一条给左茜。

给鲍平建的写到：“我走了，去旅游，没有行程也没有目的地。或许途中的风景能漂洗我布满灰尘的灵魂，或许远方的山水能给我一颗清澈的心，别找我，当我躁动的心安静下来时我会回来的，晚安！”

给左茜的写到：“我走了，去西藏，可能还会去更远的地方。我失败了，与其说是败给了叶溪，不如说是败给了我自己。先别问，想好了我会告诉你。我不知道自己会流浪多久，会以怎样的方式向你讲述这些日子的经历。可能会在哪个不眠之夜我守着一堆篝火给你写信，用诙谐的语句告诉你；也可能是我走累了在哪个地方租一间小屋住下来，写一本书，把这段经历埋进书里让你猜。不说了，我走了，晚安！”

姚燕彦发完两条微信，关闭手机，提着拉杆箱走出房门。

“什么情况？”左茜正在溪澜宾馆三层的梅兰包间陪着客人吃饭，看到姚燕彦的微信差点叫出来。“对不起，我先接个电话！”她向众人笑笑拿着手机往门外走，走到门外拨打姚燕彦手机，手机已经关机。

失火以后鲍平建把接待、安抚“华夏寻根之旅”的任务全部交给了左茜。左茜每天忙得脚不沾地，对姚燕彦的异常没有丝毫察觉。“怎么会这样？姚燕彦跟鲍平建掰了？姚燕彦就这么一走了之？”左茜攥着手机又回到包间。

五

曹伟利跟鲍平建坦白以后提心吊胆地过了两天，见没有任何动静更不安了。

知道死亡正向他逼近，却不知道死亡会以怎样的方式什么时候到来，比死亡更可怕。曹伟利有时候恨不得死亡立刻到来，一刀子捅进去鲜血流尽；或是从高楼上跌下摔个粉碎；再或是鲍平建更狠一点，把他弄到深山老林，关到一间小屋子里，割断他脚上的筋脉，让他一点点死去。总比现在这样担惊受怕的好！

鲍平建到底找没找姚燕彦证实？姚燕彦怎么说的？姚燕彦会供出自己吗？若是，鲍平建会怎么对待他。曹伟利实在忍不了了，决定找姚燕彦探探情况。

曹伟利开着夏利来到莱茵国际门口时姚燕彦正往一辆黄色现代车的后背箱上放行李。待曹伟利停了车，从车上跳下来，姚燕彦已经挎着紫色皮包坐进了黄色现代。“哎！”曹伟利的话被黄色现代撩起的尘土顶了回去，曹伟利跺了下脚又钻进夏利车，开着夏利追黄色现代。

曹伟利在第一个十字路口追上黄色现代。曹伟利咬住黄色现代的屁股，紧跟其后。过了 6 个红绿灯，拐了 3 个弯，曹伟利在拐向西客站的那个路口时把黄色现代跟丢了。曹伟利的心沉到了河底：“不追了，姚燕彦肯定是去西客站了，这时候一个人带着行李去西客站，那不是明摆着吗？被鲍平建扫地出门了。姚燕彦那个女人能不把我抖出来就心甘情愿地被扫地出门？不会。那么接下来鲍平建就该对付我了。”

曹伟利回到家时韦小嫚已经睡了，畅畅在自己屋里做功课。曹伟利没开灯，从冰箱里拿了一小碗煮花生米，坐在餐桌前喝酒。

韦晓嫚的呼噜声一阵阵从卧室里传出来。那声音像嗓子眼憋了一口痰，喘半天，“嗖”的一声拉高，低下来，再喘。曹伟利越听越烦，站起身走进卧室，照着床上的白肉就拧了一把。“嗷”的一声那堆白肉乍起，韦晓嫚惊恐地瞪大眼睛。

畅畅听到叫声一惊，跑到爸妈卧室，推开门问：“怎么了？”

曹伟利看看女儿说：“没事，你妈诈尸呢，去吧，学习去！”

那一夜韦晓嫚的呼噜声再没响起。

六

姚燕彦给鲍平建发微信时鲍平建和杨展正聊到兴头上，根本没顾得上看手机。

鲍平建和杨展谈了自己对他的新的处理意见，讲了在车库发现杨展和姚燕彦密谈的事情，讲了姚燕彦和曹伟利诬陷叶溪的经过，讲了自己和叶溪的过去。既然叶溪已经把杨展当成了弟弟，他也要诚心实意地对待杨展。

鲍平建讲到后来眼里闪着光亮，语速变得柔缓，杨展被鲍平建感动了，一个他从未见过的有血有肉、充满人情味的鲍平建展现在他面前。

随感动而来的还有怜悯、心疼。鲍平建太苦了，他要安慰他，于是他喊出了一个秘密："博儿是你的儿子！"

"什么？"鲍平建瞪着杨展。

"蒋博是你的儿子！"杨展声音有些颤抖，"你入狱没几天叶溪就发现自己怀孕了。她……"

"蒋博是我的儿子？蒋博是我的儿子！"鲍平建不再听杨展说话，自顾自地叨唠着，"那个阳光帅气的男孩是我的儿子，我……"鲍平建站起身，走到窗前向叶溪家的方向望去。

杨展抹了下眼睛，默默地退出8018房间。

鲍平建的仇恨在迅速融化，蒋博是他的儿子，这天大的喜讯足可以抵消他所经受的全部苦难。此刻他真的相信"命运是公平的！"那句话了。那是他最绝望时一个很有知识的狱友跟他说的，所以他才一步步坚持到今天。"命运是公平的，蒋博是我的儿子，太好了！老天对我不薄！"鲍平建满脸是泪，心中充满了感激，他感激所有的人，特别是叶溪。

"叶溪，叶溪为了我都经历了什么？"鲍平建回头问杨展，才发现杨展已经走了。"我要见她，现在就去！"鲍平建转身往门口走，走了几步想起没带手机，又回身去取写字台上的手机。鲍平建拿起手机想给鲍父打电话，他拨了三个阿拉伯数字又停住了，心想："不行，应该先去见叶溪，然后再把喜讯告诉父亲。"鲍平建攥着手机又往门口走，快走到门口时才想起没拿车钥匙，又回转身去衣架前取外衣，从衣兜里取出车钥匙，笑了笑，一手掂着钥匙，一手拎着外衣，往门口走。

鲍平建一直在笑。他穿过楼道，上了电梯，走下电梯，走到车场，开车离开宾馆，向上翘着的嘴角始终未放下来。鲍平建把车开出宾馆，开上去叶溪家的路上，挺了挺腰身，看了眼后视镜，又笑了。他笑自己怎么突然变得这么毛躁，"臭儿子，这么多年的修炼全被你搞砸了！"

鲍平建开着车在灯光如火的夜晚飞驰。

七

鲍平建站在叶溪家楼下望着那个温暖而熟悉的窗口给叶溪打电话。鲍平建说："我在你家楼下，我想见你。"

叶溪听到这句话，震了一下，仿佛回到了17年前，这句话她是那么熟悉，叶溪说："好，我下去。"

鲍平建说："不，我上去。"

叶溪说："博儿在家呢。"

鲍平建说："我想见博儿。"

叶溪愣了一下说："不行，我下去。"

叶溪走到楼下看到鲍平建冲她笑，问："怎么了，有事？"

鲍平建拉着叶溪说："上车，我们去枫栌香郡。"

叶溪往后退着说："这么晚了，我也没跟博儿说。"

鲍平建说："才7点，我一会儿就送你回来，你上车后给博儿打个电话。"

"好吧。"叶溪说，"你呀，怎么变得这样！"叶溪跟着鲍平建上了车，坐在车上给博儿打电话说，我出去看一个朋友，晚点儿回家。

鲍平建和叶溪在枫栌香郡的别墅里聊了很久。

17年来，叶溪幻想过各种鲍平建知道博儿是他儿子后的情景，可她怎么也没想到会是这样。叶溪感叹命运真是一杆神奇的画笔，它把你生命的轨迹描绘得如此巧妙，当该来的到来时，所有的担忧就那么消融了，像彩云飘过，不用她再和鲍平建解释一句，鲍平建对往日的仇恨就烟消云散了。

可叶溪还是要讲，不是为她曾经遭受的苦难，而是为蒋毅，为了让蒋毅能在那边安睡。叶溪走到窗前望着窗外朦胧的月色说：“那天早上我哼着歌往楼下走，想早点把爸妈同意咱们结婚的消息告诉你。可出了楼门却看到蒋毅站在那里，他告诉我你被抓了，他说他已经找过你弟弟，又来找我叫我找人救你，我听了就往楼上跑去找我爸，我爸当时正低头穿鞋，听了我的话，昏倒在地……我爸抢救时你弟弟给蒋毅打来电话，说曹家答应帮忙，曹伟利满口答应没问题。我们才松了口气。我爸昏迷了两天还是走了，我妈病了……我独自一人抱着我爸的骨灰盒走在小雨淅沥的山路时是那么想你，我恨不得马上见到你，可曹伟利说人家不让见，我只好等。可等来的是你判了十年刑，立即入狱的消息。我想见你，我和蒋毅又去找曹伟利，找……但都没用，就是不让见。不让见也没事，我可以等，等几个月，等几年，等十年，反正我铁了心等你，我妈气的……”

叶溪望着窗外像一座美丽的雕像慢慢讲着，像讲别人的故事。

鲍平建坐在沙发上看着叶溪一动不动，他不敢动，怕一动惊扰了叶溪。叶溪说：“那个晚上我发觉自己怀孕了，我有些慌张但更多的是惊喜，我惊喜你留给我一个小生命陪我，我要把他生下来，和他一块等你。可我又担忧，担忧他在别人的鄙视中长大，担忧……我有些恍惚，路过春再来酒馆时走了进去。我在我们经常坐的那个座位上坐下，要了酒菜，我一杯接一杯地喝着，不知喝了多久……我睁开眼时发现自己躺在曹伟利家里，我……”叶溪说不下去了，大颗大颗的泪珠从她脸上滑落，但她仍旧望着窗外。

叶溪停了一会儿继续讲：“那是一个恶魔，他……他还用拍的照片恐吓我，我不想活了，我走出他家，向运河走去，我站在运河边和你告别，我对着河水说：‘建哥，我先走了，我带着咱们的孩子先去那边等你！’”

“溪溪！”鲍平建再也忍不住了，他奔到叶溪身边跪在她的面前，泪流满面。

叶溪笑笑说：“可我没死成，蒋毅救了我。不远处有两个钓鱼的老头看到我往河里走就大声呼叫，蒋毅正好跑步经过那里，听到喊声跑到河边救人……我在蒋毅的逼问下只说我怀孕了，我想把孩子生下来又怕被人嘲笑，一时想不开才自杀的。”

叶溪看着鲍平建说：“建哥，蒋毅是为了保护我和孩子才和我结婚的，我们当初是假结婚，后来才走到一起。蒋毅为了博儿没要自己的孩子，他为博儿付出了一切。他做这些刚开始是因为愧疚，他一直为当初劝你拉那车废料而悔恨，他没有陷害你！那天夜里他突然有些后怕，想劝你别拉了又怕你生气，就赶到料场后门想看情况怎么帮帮你。可当你开着车出来时，曹伟利突然带着人冲出来，当时蒋毅懵了——曹伟利好像突然换了个人，凶狠地站在他身边，指挥那些人上车翻找，而且还翻出了那么多铜排。蒋毅还没缓过神来保卫科长就带着人来了，曹伟利和那些人又把功劳都推给了他，他惊得不知所措就……事情就那样一步步发展成了后来的样子。蒋毅后来跟我说他当时好像被卷进了一个怪圈，越解释卷得越紧，弄得他就不敢再说话了。”

鲍平建努力地克制住自己，坐回沙发说：“可曹伟利却跟我说，是蒋毅带着人……”

叶溪也坐回沙发，看着鲍平建说：“曹伟利的话不能信，他是嫁祸蒋毅。蒋毅也一直怀疑他，蒋毅总是跟我提起那天夜里的事，他为那天夜里自己的惊慌失措自责，他一直沉浸在自责和懊悔中，那种情绪让他郁闷忧郁，长期的郁闷忧郁使他得了肝癌，他——”叶溪说不下去了，眼睛望向别处，停了片刻转过头说："建哥，蒋毅没害你！这一点你一定要相信！"

鲍平建的眼睛也湿了，说："相信，我相信，我错怪了蒋毅。"

叶溪说："那就好，你不知道博儿和他有多亲，我不答应你马上认博儿也是考虑这一点，我怕博儿一时接受不了他不是蒋毅亲生的这个事实。"

鲍平建说："我知道，我只是想见见博儿，请你们吃顿饭。帮我安排好吗？"

叶溪说："那就明天晚上？明天周六，博儿晚上没课。"

鲍平建握住叶溪的手说："谢谢你，就明天晚上。"

叶溪抽出手说："那送我走吧，太晚了博儿会担心。"

鲍平建站起身说："好，我送你！"

叶溪和鲍平建走出别墅，走到树影摇曳的庭院时月亮已经升到了半空，天空清澈如洗，一盏盏景灯向天上的星星闪着无数条金丝，叶溪轻叹一声："好美的夜晚！"

鲍平建说："记得你那时很喜欢写诗。"

叶溪说："是啊，我那时很喜欢文学，成天幻想当作家。"她扭头对鲍平建说："我一直坚持写日记，博儿出生以后日记里的内容几乎全和他有关。哪天我拿给你看看。"

鲍平建说："好，你快点拿给我。我想知道他的一切。"

第十二章

一

第二天早上鲍平建去了爸爸家，保姆小凤开门见是鲍平建叫道：“哎呀哥，你可来了，老爷子念叨两天了，就盼着你来呢。”

鲍平建换了拖鞋往屋里走，边走边问：“这两天怎样？”

小凤说：“没事，今天起得早，吃了一个蒸蛋，喝了一小碗小米粥，现在又回到床上躺着呢。”

鲍平建走到卧室门口对跟在身后的小凤说：“你忙吧，我进去看看。”

鲍父看鲍平建推门进来笑了，说：“嘿，你来了，我还说你工作太忙，别老往这跑呢。”

鲍平建走到床边说：“嘴不对心，我这两天忙点事没过来，你就念叨了吧？”

鲍父说：“嗨，我就叨唠两句。我是闲得慌。”

“闲得慌，”鲍平建回身从桌子上的果盘里拿起一个苹果削着说，“闲得慌，我一会儿陪您下两盘。”

鲍父说：“好，你陪我下棋我不稀罕，你什么时候结婚我才高兴呢。”

鲍平建说：“爸，我正想告诉您一件喜事呢。”

鲍父问：“喜事？”

鲍平建把削好的苹果给鲍父，扽张餐巾纸擦擦手，拉把椅子坐到床边说：“我昨天刚知道，我有一个 16 岁的儿子。17 年前我入狱后不久，叶溪发现她怀孕了，叶溪……”

“嘣，嘣嘣……”鲍父手里的苹果掉到地下，身子蹭着往床头靠。鲍平建停住嘴去扶鲍父。鲍父摆着手说：“没事，说，你说。”

鲍平建扶住鲍父，说：“你别激动，那孩子叫蒋博，小名叫博儿，前些日子我见过他，长得很好，学习也好。剩下的事情我慢慢跟你讲。”鲍平建扶着父亲坐好说：“叶溪发现自己怀孕后……”

“唉，我说叶溪怎么会突然和蒋毅结婚哪？”鲍父听完鲍平建的讲述感叹道：“叶溪这孩子太苦了，我们错怪了她，还有蒋毅，都是好人。可我，我那时竟糊涂成……”

鲍平建说：“爸，不怪您，都怪曹伟利那混蛋！”

“算了，”鲍父摆摆手，“算了，一切都是天意！”鲍父拽住鲍平建的手说：“平建，我想见见博儿！”

鲍平建用另一只手拍着父亲的手说：“好，等几天，等我和博儿相认了，我就安排您见他。”

鲍父使劲点头：“行，行，我等着！”脸上现出期盼：“唉，那孩子到底长得啥样？要是有张照片就好了。”

鲍平建说："照片倒好办，我今晚和叶溪娘儿俩吃饭，到时我拍两张发你。"

"好，好，你拍了就发我。"鲍父往上靠靠说，"你替我谢谢叶溪，她是咱家的大功臣。"

鲍平建说："行，你先休息会儿，我去喝口水，然后陪您杀两盘。"

"去，赶紧喝茶去！"鲍父推着鲍平建说。

鲍平建走到客厅时小凤已经把茶沏好了，是他喜欢的碧螺春。鲍平建坐在沙发上喝了一杯茶，手机响了。电话是总办主任打来的，总办主任说："鲍总，包间定好了，是您指定的那间。"

鲍平建接完电话，拨通叶溪手机，鲍平建说："我定了全聚德的包间，就是玉泉路的那家，定在五点半，我五点到你家楼下接你和博儿。"

叶溪说："别，五点多钟楼下的人正多，还是我们自己过去吧。"

鲍平建理解叶溪的意思，就没再坚持，他陪父亲下了几盘棋，吃过中饭，便回了溪澜宾馆。鲍平建在 8018 办公室处理了一些事情，回到 8017 房间，洗澡、刮胡子，换上一身休闲装在镜子前照了半天才走出 8017 房间，走到电梯厅，坐电梯去车场取车。

叶溪和蒋博走进包间时，鲍平建已经等在那里。由于上次那个误会，蒋博见到鲍平建有些尴尬，鲍平建开了两句玩笑，他才自然些。

三人入座后服务员走进包间请他们点菜，鲍平建把菜单递给蒋博，说："博儿点，看看你爱吃什么。"蒋博笑着推菜单："您点吧，我什么都行。"

鲍平建又把菜单递给叶溪："来，你点，点博儿爱吃的。"

叶溪笑着接过菜单说："他和你一样，见肉没够。"说完觉得不对，扭头看蒋博，发现蒋博正疑惑地看她，脸突地红了，忙低头点菜。

鲍平建看出叶溪尴尬，找话和博儿聊天，鲍平建说："听说你喜欢打球？”

蒋博说：“嗯。”

鲍平建说：“喜欢什么球？”

蒋博挠挠头说：“嗯，篮球、足球、羽毛球、乒乓球，什么球都喜欢。”

叶溪已经点完菜，插话道：“博儿乒乓球打得好，博儿在学校比赛时还拿过乒乓球单打亚军。”

鲍平建笑道：“是吗，我也喜欢乒乓球，打得也不错，什么时候咱俩较量一番。”

蒋博说：“好！”

鲍平建往前凑凑：“那就明天吧，明天到我宾馆！”

蒋博说：“我明天下午奥数有课。”

鲍平建说：“那上午，上午9点半怎样？”

叶溪笑着劝蒋博：“你上午去，然后直接去上课。”

鲍平建不等蒋博答话，说：“那就这么定了，明天上午9点半我去你家接你。”

蒋博说：“不用，我找得到。”

鲍平建说：“我明天顺路。”

蒋博说：“那好，我明天在小区门口等您。”

菜在三个人谈话时逐渐上齐，芥末鸭掌、火燎鸭心、香锅血旺、白灼芥蓝、还有一只烤鸭。鲍平建又加了条多宝鱼和乌鱼蛋汤。三个人边吃边聊气氛很好。

鲍平建内心特得意：“我的儿子，看这吃相，这只手，这粗黑的眉毛还有那高凸的眉骨，那是我们鲍家特有的，那是我们的祖先豪爽英气的特征。多么好啊，面前这个人儿身体里流着你的血，一颦一笑，一片皮肤，一根头发都印有你的痕迹，你……”鲍平建盯着蒋博看，两眼放光。

叶溪见蒋博被看得不好意思，伸脚踢了鲍平建一下，鲍平建醒悟，夹起一张薄饼，抹上甜面酱，放上葱丝，鸭肉，黄瓜条，慢慢卷着，好像要卷进16年来他对儿子的亏欠，卷完抖着手送给蒋博。

蒋博赶忙接过去，说：“谢谢叔叔！”样子显得慌乱。

叶溪笑着看鲍平建一眼，鲍平建知道叶溪笑他，但他不在乎，心想：“老子就这么贱，老子从来没这么伺候过别人，可这是儿子！”

蒋博早看出妈妈和面前这个鲍叔叔有些不对劲。具体怎么不对劲他一时半会儿说不出来，反正感觉有些别扭。不过鲍叔叔对他挺好，而且鲍叔叔是他喜欢的那款男人，他就哼哈地应付着。蒋博吃饱喝足后去了趟卫生间，他在卫生间成心磨蹭了一会儿才回到包间。

叶溪趁蒋博去卫生间时从包里掏出笔记本交给鲍平建，鲍平建怕博儿回来看到赶紧把笔记本装入黑色皮包内，装完冲叶溪笑，叶溪撇撇嘴笑道：“你啊，怎么像个毛头小伙子！”

鲍平建说：“激动，激动。”说着用手拍拍胸口，逗得叶溪更笑了。

这顿饭吃了近两个小时，吃得蒋博疑心重重，吃得叶溪忙着救火，但鲍平建乐不思蜀，临散时鲍平建还一个劲叮嘱蒋博，明天上午9点半在小区门口等他。

蒋博当然痛快地答应了，他要独自会会鲍平建，弄清这个男人为什么对自己这么好。“难道就是为了重新追求自己学生时代的梦中情人，来讨好她的儿子吗？这个方法也太老土了！”蒋博想着看了鲍平建一眼，笑了。

二

半夜刮起了北风，风不大，太阳升起时就停了，天空湛蓝如洗，没有一丝云彩。

周末的教工楼小区门口比往日热闹了许多，鲍平建把车停在小区门口右侧卖水果的摊位前，摇下车窗往小区出口望去，蒋博正穿着一身白色运动衣走出来，阳光斜射在他的脸上闪着金子般的光泽。鲍平建把头探出车窗喊："博儿，这边！"

蒋博听到喊声朝车走去，走到车旁喊了声："鲍叔叔好！"

"好！"鲍平建笑道，一歪头，"走，上车！"

蒋博心里赞叹："好酷！"绕到车右侧，坐到副驾座上。

此刻曹伟利就躲在离他俩不远的墙角，惶恐而嫉妒地盯着他俩。他像一只没有几丝活气的惊弓之鸟，躲在夏利车里，感叹命运如此的不公。为什么？为什么鲍平建总是那么幸运，判了十年刑，坐了八年大牢，还能风光显赫地站立在人们面前，叶溪还那么爱他，儿子又这么帅气。而他，费尽心机设下圈套一次次把鲍平建推入险境，鲍平建越战越勇，他却面临绝境。

鲍平建开车离去后，曹伟利仍躲在那里，他不想再拉活了，挣钱还有什么用？活着为了谁？他心里残存的那点光亮随着昨晚女儿看他的眼神已经熄灭了。

昨晚曹伟利回到家，家里漆黑一片，他开了灯边换鞋边喊韦晓嫚，没有回声。他正想发作，畅畅站到了他面前。他问："你妈哪？"

畅畅说："你还知道问我妈，我妈离家出走了！"

"什么？你妈离家出走了？"曹伟利瞪着小眼问女儿。

畅畅说："对，你把我妈拧成那样，我妈不离家出走，还等着你弄死她？"

"爱走不走！"曹伟利一甩手，脱了外衣，坐在餐桌旁拿起酒瓶喝酒。

畅畅奔过去，抢过酒瓶说："别喝了！喝完了又耍酒疯！"

曹伟利抢过酒杯："去，别管我！"

畅畅瞪着眼睛说："管你，你以为我爱管你哪？你看你的样子！"

曹伟利的脸刷得黑了："我什么样子？我这副样子给你丢人了？"

畅畅说："你什么样子你不知道吗？哼！"畅畅瞥了曹伟利一眼转身往自己屋走，走进屋"啪"地把门关上。

许多年后畅畅和妈妈说起那个晚上，泣不成声，她说我那晚简直疯了，用那样的态度对爸，爸怎能受得了，其实我是因为你突然离家出走气的，气得我找他撒气，什么话狠毒说什么。

曹伟利那一刻伤心死了，他几乎被畅畅鄙视的眼神击垮了，一个快死的人被心中仅存的一点亮光抛弃，除了绝望还有什么。

曹伟利带着绝望走进卧室，躺到床上，天亮后又带着绝望从床上爬起来，混混沌沌来到这里。这里让曹伟利如同僵尸般的躯体有了一点活气，那就是对鲍平建的嫉妒。这种嫉妒曾经在他的躯体里燃烧起熊熊大火，给他带来过胜利后短暂的快乐；现在这种嫉妒又在他的躯体里蔓延，让他燃起了生的渴望。

"活着，活着就有希望，我就不信鲍平建总这么幸运，我要活着，活着看到鲍平建再倒霉的那一天！"曹伟利眼里有了一点亮光，那点亮光让他抬起头向小区门口望去，于是他看到了叶溪。他笑了，笑得像个幽灵，飘出夏利车，飘向叶溪。

蒋博走了以后，叶溪也出了家门。叶溪想去小区门口的菜摊上买点韭菜，晚饭给博儿捏韭菜馅饺子。这两天叶溪跟郭老板请了假，在家休息。鲍平建向她提了几次，希望她到溪澜宾馆工作，做副总，做办公室主任，做部门经理随她选。叶溪没有答应。但叶溪也不准备再到大华建材城上班了，她想先休息几天，然后找个适合自己的工作。

叶溪选好韭菜，掏出钱包付了钱，正准备离去，突然感到身后有人，猛一回头，曹伟利站在面前。叶溪像见到鬼一样拿起韭菜就走，曹伟利紧跟身后。

叶溪走到没人的地方站住，回身问曹伟利："你到底想干吗？"

曹伟利说："放过我，求求你，放过我吧！"

叶溪说："放过你，你做过什么，你自己清楚，你觉得我会放过你吗？"

曹伟利眼睛里闪着亮光："你是菩萨心，放过我，别跟鲍平建说好吗？"

叶溪说："你妄想，我不跟鲍平建说，姚燕彦难道不会和鲍平建说吗？"

"姚燕彦，"曹伟利用死鱼似的眼睛看着叶溪问，"你是说姚燕彦把什么都告诉鲍平建了？"

叶溪突然感到很痛快，说："看你那怂样，鲍平建不会饶过你的，你最好去向鲍平建坦白！"

"向鲍平建坦白，哼哼，"曹伟利眼中现出决绝，怪笑着，一字一句吐出，"向鲍平建坦白，没门！"曹伟利使劲挺着佝偻的躯体像一具僵尸，走向夏利车。

叶溪打了一个寒战，扭头便走。"哼哼，向鲍平建坦白，没门！哼哼……"曹伟利的声音像叫鬼一般，从后面追来，叶溪加快了脚步。

三

鲍平建和蒋博在溪澜宾馆西配楼的休闲馆打了一个多小时的乒乓球，又带蒋博在庭院转了转才领着蒋博去主楼三层的竹菊包间用餐。

竹菊包间在三层东南角，清雅幽静，向东开了一扇窗，窗外是绿树和花草。

鲍平建一早打过电话，让服务员把窗户打开放放屋内的空气。现在窗外的光线柔和，秋风微动，东配楼的一角恰好地隐现在绿叶摇曳中。窗下相对而坐的父子俩是那么喜悦，他们对彼此是那么欣赏。

通过一上午的接触蒋博对鲍平建很是崇拜，吃饭时他和鲍平建多次提起妈妈，提起妈妈向他讲述的过去，他是想借此引出鲍平建对过去岁月的回忆，破解自己心中的疑问。

鲍平建没有让蒋博失望，他给蒋博讲了自己的小时候，讲了他和叶溪上学时的趣事，话语中隐约地透露出他对叶溪的爱恋。鲍平建讲得很克制很含蓄，但蒋博听出了他像火一样燃烧的感情。

蒋博正处于青春萌动期，对爱情充满了幻想。他被鲍平建感动了，一个男人能如此地爱一个女人，他只有在小说里看到过。

叶溪和蒋毅都喜爱文学，蒋博深受他们的影响，从小喜爱看书。书香的熏陶和蒋毅的病逝使他阳光明朗的外表蒙上了一层文雅忧郁的气质。他身体里的血液既澎湃着鲍平建的张扬勇敢又蕴含了叶溪的孤傲温婉，所以他具有一颗怜悯敏感的心，偶尔会显露出与年龄不相符的沉静与深刻。

鲍平建已经感到了这些，这让他更加喜爱和心疼儿子，他恨不得立刻扑过去把蒋博抱在怀中，倾注出所有的父爱。

蒋博感受到了鲍平建的爱，他把这种爱归结为，是鲍平建对妈的爱——妈是他的初恋情人，但妈选择了爸，所以他就把对妈的爱藏在了心里，一直没有结婚，一藏就是17年。现在爸走了，妈又恢复了单身，他才出来重新追求妈。这是一个多么有情有义的男人啊！

蒋博开始考虑可以接受妈和鲍平建的事了。蒋博是个明事理的孩子，何况现在的孩子什么稀奇古怪的事都听过，都能接受。蒋博想："爸走了，再也回不来了，可妈还要过后半生。现在有自己陪着妈，可几年后哪？当自己考上大学离家而去，妈就要孤零零地面对清冷寂静的家。要是有个人陪着妈挺好，面前这个男人对妈用情这么深，我不应该反对。"

蒋博怀着这种心情和鲍平建吃完饭，怀着这种心情去听课，怀着这种心情回到家。蒋博回到家时叶溪已经捏完饺子。韭菜的香味弥漫了整个房间。

蒋博走进厨房看到摆在盖帘上的饺子叫道："嘿，吃饺子！"

叶溪说："韭菜猪肉馅的，我这就煮。"锅里的水是热的，火一打着，水就冒泡，叶溪端起盖帘往锅里放饺子。等蒋博洗了手，拿了碗筷摆到客厅的餐桌上，叶溪煮的饺子就熟了。

太阳落到楼后面去了，屋内的光线暗下来，蒋博打开灯，坐到餐桌前和妈吃饺子。娘儿俩边吃边聊。叶溪问："你和鲍叔叔打球谁赢了？"

蒋博说："当然是我，不过鲍叔叔的乒乓球打得也不错。"

叶溪说："那是，他当年可是学校里的乒乓球冠军啊！"

蒋博嬉笑道："嗨，你们可真默契，商量好了似的互相吹捧。"说完咧嘴瞥眼，做怪脸。

叶溪笑道："臭小子，有什么默契的，只不过是话赶话说到这了。"

蒋博放下筷子，看着叶溪不说话，那眼神似乎在说："别瞒我了，你们俩在搞什么我还不知道！"

叶溪也放下筷子，脸变得严肃说：“博儿，我们不是瞒你，有些事情说起来太长，太复杂。”她停了一下说：“但总得告诉你，17 年前我和鲍平建是恋人，都快结婚了，那天……”

叶溪讲完看着呆愣的蒋博并不惊慌。她像卸下了千斤负担，深深地吐出一口气，心想：“讲完了，终于讲完了，你总要面对这一切。哭闹也好，摔东西也罢，来吧，发泄完一切都会过去。”

蒋博并没有像叶溪想象的那样激动，而是默默地站起身走回自己的房间，关上门。

叶溪几乎一夜没睡，一直伸着耳朵听蒋博屋里的动静，但听不到任何声响，快天亮时才迷迷糊糊睡着。

第二天早上，叶溪被一股好闻的饭菜香味惊醒，她穿着睡衣走出卧室，发现餐桌上摆着煎蛋，烤面包片，心里美和卷心菜做的两盘小菜，蒋博正端着粥锅从厨房走出来。

叶溪惊叹：“博儿，你把早饭都准备好了！”

蒋博把粥锅放到餐桌上说：“妈，您尝尝我做的怎么样。”

“嗯，”叶溪俯下身，挨着盘地看了一遍，吸吸鼻子说，“好，味道不错！”

“那就快吃！”蒋博拿起碗和勺子盛粥，盛完递给叶溪。

叶溪接过碗，隐去眼里的泪水，低头取了两片面包，夹上煎蛋咬了一口，嚼了嚼说：“好吃，好吃！”

娘儿俩边吃边聊，谁也不提昨晚的事。吃完饭，蒋博去厨房拿了抹布收拾碗筷。叶溪抢过抹布说：“我来吧，你洗洗手上学去。”

“好！”蒋博回卧室换了校服，背着书包和叶溪打了招呼走出家门。

望着儿子走出家门的背影，叶溪的眼泪哗地流了出来。儿子长大了，只一夜工夫儿子就突然长大了！这一夜儿子是怎样度过的？儿子的内心经历了怎样的煎熬，才能在今天早晨坦然地面对她，为她做了一顿那样的早饭。那顿早饭代表了儿子的心：代表了儿子理解她，疼她；代表了儿子接受了鲍平建是他亲生父亲的现实。

叶溪洗完碗，摘下围裙，走到客厅，给鲍平建打电话，她向鲍平建讲了昨晚及今早的事。电话那头的鲍平建沉默了一会儿说："谢谢，谢谢你和儿子，我真没想到博儿这么懂事！"叶溪听出鲍平建的声音在颤抖。

第十三章

一

曹伟利使劲挺着佝偻的躯体像一具僵尸，走向灰色的夏利车，上了夏利车，坐在夏利车里待了很久很久，天快黑的时候才回到家。

家里昏黑一片，曹伟利没有开灯，坐在餐桌旁待了一会儿扭头看看畅畅的房门，房门紧闭，冷漠冰凉。曹伟利又坐了一会儿起身走进卧室。

卧室的灯亮了，亮了一宿，曹伟利也写了一宿。有生以来他第一次写信，写得很认真，他要写出一篇杰作，留在这个世上。他来过这个世上，活得窝囊，如今要走了，他不能就这么不声不响地走，他要弄出点动静，给这个不待见他的世界，给那些瞧不起他的人、那些欺负他的人留下点印记。这印记一定要精彩，要比他卑贱的生命，比他矮小佝偻的身躯精彩。

曹伟利趴在桌上，用笔在纸上写着，写17年前的那次杰作，写得很细，很流畅，像一篇小说。鲍平建不是骂他写的东西狗屁不通吗？叶溪不是嘲笑他使出吃奶的劲也写不出一篇像样的文章吗？那就让他们看看吧，他曹伟利不是等闲之辈！17年前他用他的智慧和行动书写了惊人一笔，今天他要用他的文字让他们永远无法安宁！

曹伟利哭着，恨着，笑着，写着：

"……你狂傲地站在我面前，像个君王似的使唤我，在你的淫威下我不敢抬头，不敢正眼看人，不敢大声说话，我越来越窝囊，越来越阴郁，越来越猥琐。可你并没有感到你的罪恶，反而越加地鄙视我，欺负我。是你让我变成了现在的模样，是你毁了我的一生。所以我恨你，我要找机会报复你，机会终于来了，那天晚上，我发现……

"……你清楚了吧，我就是这么干的。我陷害了你还嫁祸给蒋毅，制造了你们的仇恨。我把蒋毅介绍给你，是想得到你的宠信，可你和蒋毅好了以后就把我像狗一样遗弃。

"……我的要求并不高，我只想让你们别鄙视我，别对我呼来唤去地使唤完，再啐上一口吐沫。可你们却……哈哈，我终于出了口气，我以我的方式报复了你，我让你坐了8年大牢，我让你的女人生不如死！

"我知道你已经知道了一切,你正绞尽脑汁地想怎么杀死我更解恨。我已经听到了你磨刀的声音，看见你正一步步向我逼近，但我不会让你得逞，不会让你在复仇后的盛宴中和叶溪举着酒杯慢慢品尝杀死我后的快乐。我要自己了断！

"命运从未眷顾过我，从未让我肆意欢快地选择过，平庸、卑微、唯唯诺诺小心翼翼地活着，我就成了现在的这副模样。这不是我想要的，是你们强加给我的……

"……你以为你是谁,你可以主宰我的命运吗?哈哈,你主宰不了!命是我自己的，我随时可以结束它，结束这低微、卑贱的一生。

"……当太阳升起时，人们再一次从床上爬起来，如同蝼蚁一般在马路上奔波，我就会离开这个世界。此刻我是那么轻松，我盼着天快一点亮，太阳早一点出来。"

曹伟利把写给鲍平建的信装到一个牛皮纸信封里，这个信封是他从父亲盛东西的抽屉里找到的，已经显出陈旧的痕迹。

曹伟利把信封口折好，在信封正面写上"鲍平建收"四个字，又拿了一张纸开始写第二封信。第二封信是写给韦晓嫚的，写得很短，只有几句话，写完折好，放在给鲍平建的信封上面。曹伟利做完这一切，站起身走进卫生间。

曹伟利在卫生间刮了胡子，洗了脸，又走回卧室。曹伟利在卧室的衣柜里找了一身灰黑色西服，一件白色暗条衬衫换上，走到穿衣镜前照着。这身西装是他最喜欢的，只有参加重要活动时才穿。曹伟利记不起他参加过什么重要活动——可能从来也没参加过。除了去韦晓嫚家见她父母，参加过两次婚礼，这身西服大概就没再穿过。

曹伟利照了一会儿，觉得还应该配条领带，他一共有三条领带，都是姐姐送的。姐姐说："穿西服就要系领带，否则土不土洋不洋的，太难看！"曹伟利想着就从衣柜里找了条暗红色领带系到脖子上，系完站在镜子前照照，觉得很好。然后他就拿了烟，去了阳台。

曹伟利家有两个阳台，一个在厨房，朝南；一个与这间卧室相连，朝东。曹伟利坐在与卧室相连的阳台上，吸了两只烟，天空就开始泛白了，先是灰白，慢慢变成青白，接着东面的天空泛出亮红，太阳一点点从天际间露了出来。

曹伟利站起身，看着渐渐露出的太阳一字一句地说："又是一个好天，但我看不到了。”曹伟利突然转身盯着暗处说：“鲍平建，我一直恨你，恨你趾高气扬地站在我面前，像使唤狗似的吆喝我，但我报复了你，我让你痛苦了17年，我让你有儿子不能相认，我占有过你的女人又让她受尽煎熬。好了，我要走了。我知道你最后的心愿是在报复我中得到快乐。你妄想！这个心愿我不会让你得逞。我走了，我又胜利了，哈哈哈！”

曹伟利转过身冲着天空大笑：“哈哈，我又胜利了！”曹伟利站到椅子上，一纵身飞了出去。那一刻曹伟利双臂伸展，两腿并拢，像一只飞翔的鹰。

二

畅畅被喊声和敲门声惊醒，穿着睡衣、拖鞋，跑去开门，开了门就愣了，随后哭喊着疯了似的往楼下跑，楼下围了好多人，血水从人们的脚缝间流出来，畅畅向人群冲去。

离曹伟利家不远的6号楼5层2门，二平媳妇刚睡醒，正闭着眼睛躺在床上想心事，听到敲门声喊二平去开门。二平说：“你开吧，我拉屎呢。”

“烦人，这么早就闹腾，还让人活不活了。”二平媳妇穿着睡衣，揉着眼，嘟囔着出了卧室去开门。门打开，保姆小凤站在门外，二平媳妇阴着脸问：“这么早，怎么了？”

小凤说：“老爷子让二哥过去一趟。”

二平媳妇挡在门口，回头冲卫生间喊：“快着，让你过去一趟。”

“好，”二平穿着短裤从卫生间跑出来，说，“跟爸说，我这就过去。”

二平媳妇对小凤说：“你先回去，二平这就过去。”说完关上门。

“怎么回事？”二平边穿衣服，边问媳妇。

二平媳妇说：“不知道，反正不是好事。”

二平说：“你做饭吧，我过去看看。”

二平从父亲屋回来，站在门口一边换鞋，一边伸着脖子冲厨房喊：“曹伟利死了，爸让我过去瞅瞅！”

“什么？曹伟利死了！”二平媳妇慌着从厨房走出来问，“怎么死的？爸怎么知道的？”

二平说：“小凤说的，小凤去买豆腐脑，看到 4 号塔楼下面围着好多人，地上全是血，一打听才知道，11 层 2 号姓曹的男人跳楼自杀了。”

“哎呀妈呀！好好的，曹伟利干吗自杀呢？”

“不知道，”二平看着媳妇摇头，说，“爸让我过去看看，说看看有什么能帮上忙的。”

“去，快去！”二平媳妇帮二平把门打开，嘟囔着，“真可怜，他一死，晓嫚可咋办啊！”

“手机，把手机给我，我一会儿给哥打个电话。”二平走出门，又反过身，挤在门缝，伸着手跟媳妇要手机。

“嗯，”二平媳妇回身拿茶几上的手机，然后递给二平，说，“给，总这么丢三落四的！”

鲍平建今天起得很早。今天他高兴，“华夏寻根之旅”接待工作圆满结束，领队对他们的接待很满意，一再表示以后还要选择溪澜宾馆；失火事件处理完了，郭老板给了一些赔偿，并答应更换全部已经使用的不合格的电器器件，杨展正带着工人日夜加班在东配楼忙活，现在的杨展像换了一个人似的，不仅把他当成老总言听计从，还把他当成了可以信赖的大哥，佩服欣赏。

鲍平建洗漱完，换上运动衣，正准备出门，手机响了。鲍平建一看是二平来的，心里一紧，以为父亲怎么了，赶紧按接听键，不等二平说话就问："爸怎么了？"

二平说："爸没事，曹伟利死了！"

"曹伟利死了？"鲍平建一惊。

"曹伟利跳楼自杀了，爸让我过去看看，爸说看看有什么需要帮忙的伸把手。我现在正往那边走，你说他怎么会自杀呢，好好的，他……哥，哥，你听着吗？你怎么了？哥……"

"啊，听到了，"鲍平建攥着手机，半天才说话，"你去吧，爸说得对。"

鲍平建攥着手机坐到沙发上，他不想去跑步了。曹伟利自杀的消息让他有一种无法形容的感觉，震惊？憋气？沮丧？恼怒？都有一点，又都不全是。

"为什么呢？为什么曹伟利要自杀？"他已经听了父亲的话，不再报仇了！但他想知道当初到底发生了什么，想知道那些他被栽赃陷害的细节，想问问曹伟利为什么对他下毒手。他对曹伟利那么好，曹伟利却对他下毒手让他百思不得其解。可这些随着曹伟利的死都成了枉然，都再也不可能了！那个一直存在他心里的谜团就永远也解不开了，就会永远地待在他心里时不时跳出来搅乱他的思绪。

"为什么？为什么要自杀？"曹伟利的自杀又一次报复、愚弄了鲍平建。

曹伟利自杀，让鲍平建感到是自己逼的，让他感到自己不够仁慈。自从他知道蒋博是自己的儿子后他就发誓，放弃仇恨，感恩命运，感恩所有人，这里面就包括了对曹伟利的宽宏和大量，当然让他忘了仇恨跟曹伟利握手言和是绝对不可能的，但他可以做到和曹伟利谈一次话，当面了结，从此不再相见，各奔东西。可曹伟利却自杀了，没给他半点机会。

鲍平建像要攥碎手中的手机似的攥着手机。愤恨、气恼、失望、懊悔等等，各种情绪一起袭来，使他不由得把发泄的情绪全部集中到了手上，要毁掉手中的东西。

韦晓嫚接到曹伟利自杀的消息时正坐在怀柔老家的院子里和妈聊天，她看了一眼飘着几片白云的天空对妈说："我明天就回去，伟利和畅畅都不会做饭，我出来这两天他们爷儿俩不定怎么凑合呢。"

韦晓嫚妈说："回去吧，你不用总惦记我们，我和你爸爸跟你弟弟一家过得挺好。你一会儿把刚收的花生、栗子装上点，带回去让他们爷儿俩尝尝新。"

韦晓嫚说："好，我这就去装。"韦晓嫚说着起身去屋里拿塑料袋，拿了塑料袋往外走，身后炕上的手机响了。韦晓嫚转回身拿起手机接电话，听了几句跌坐在地上，半天才"哇"地哭出声来。

"晓嫚，晓嫚，这是怎么了这是？"韦晓嫚妈听到哭声跑进屋，使劲拉坐在地上的女儿。

"妈，妈！伟利跳楼了！妈，我要回去，我要回去！"韦晓嫚坐在地下哭着喊着，韦晓嫚妈拽不起女儿，跑着去找韦晓嫚弟弟。

韦晓嫚赶到医院时曹伟利早已经躺在了太平间。韦晓嫚见到曹伟利没有哭，曹伟利睡得那么安静，嘴角似乎还带着笑，她不能哭，不能吵醒曹伟利。

韦晓嫚是爱曹伟利的，除了曹伟利父母，这个世界上只有她爱曹伟利。曹伟利的父母爱曹伟利是出于父母的本性，而她爱曹伟利是因为她知道曹伟利。她知道曹伟利聪明，知道曹伟利心气高和别人不一样。虽然曹伟利总是喝酒，喝完了拿她撒气，那是因为曹伟利有能耐，没处使，心里苦。她是曹伟利老婆，曹伟利不找她撒气找谁撒气？

韦晓嫚佩服曹伟利，特别是她看到女儿的时候，那种佩服使她的眼睛都有了神采。女儿聪明、要强、不爱说话但有心眼，学习总是第一，这些都是曹伟利遗传的。不像她，木呆呆的，什么事都看不出来。

那天曹伟利把她从睡梦中拧醒，她是吓得不轻，但她并没有想离家出走。离家出走是畅畅说的。她只是有点害怕，想回娘家躲躲。躲两天，曹伟利高兴了再回来。可没想到，这一躲就再也见不到活的曹伟利了。

韦晓嫚不会说“阴阳两隔”那个词，但她懂，她深深地感到了那种痛。所以她站在曹伟利的尸体旁任弟弟怎么拽都不肯离去。但她还有畅畅，她必须离去。

韦晓嫚回到家看到了曹伟利给她写的那封信，那封信只有三十九个字，但那三十九个字牢牢地刻在了她心里：“晓嫚，我走了，我对不起你，你老说生活难！生活难！但不管怎么难你都要活着，为了畅畅你要活下去。”

韦晓嫚拿着那封信，流着泪叨唠：“我不说了，再也不说了，我不说生活难了，我和畅畅一定要好好活下去！”

韦晓嫚没有打开牛皮纸信封，那上面写着“鲍平建收”她就不会打开，她就一定会交给鲍平建。常被一些自以为有修养的邻居笑话木讷、傻气的韦晓嫚，此刻表现得那么有修养，尽管她那么想看这封信，那么想知道信里面写的文字是否跟丈夫自杀有关。

三

下午4点多钟鲍平建接到二平电话。二平说："哥，曹伟利给你留下一封信，是曹伟利媳妇韦晓嫚交给我的，她说她没打开看，我也没打开。我一会儿给你送去。"

鲍平建说："好，你马上来，我在8018办公室等你。"

过了半个多小时，二平走进8018办公室。二平进屋忙解释："路上堵车，耽误了一会儿。"

"信呢？"鲍平建没接二平的话，伸手要信。

"啊，给。"二平从棕色皮包里掏出信递给鲍平建，然后转身离去。

鲍平建拆开信看了几行，手便开始抖，他的情绪随着信的内容越来越激动，他看完一遍又看一遍。鲍平建看了三遍后把信扔到桌上，点燃一支烟在屋里踱步。

鲍平建无法相信那封信是曹伟利写的，但他又不得不相信，那字体，那小时候生活的情景，都是真实的。不真实的是从那个弱小躯体里发出的呐喊。那痛苦，那怨恨，那挣扎，那绝望，不仅流淌在每一句话里，还渗进了每个字中，那细瘦又疯乱的字就像一个被挤压着又拼命挣扎接近疯狂了的魂灵。

是鲍平建未曾见识过的，更无法让他安到曹伟利身上，但它就那么存在着，赤裸裸，一丝不挂，向他抗议。这颗魂灵讲述着曹伟利做过的一切，讲得很清楚，很动情。随着它的讲述，一个善良文弱的小男孩就一点点地变成了一个阴郁、狡诈、猥琐，心中充满了怨恨之火的疯魔。

现在让鲍平建无法接受的已经不再是17年前曹伟利陷害他的那件事了，而是曹伟利把那个疯魔的形成说成是他的杰作。他才是制造了一切的凶手。

鲍平建出汗了，脑门冒出了细密的汗珠，他走到门口把门锁紧，回到桌前拿起那封信又看了起来。看完靠在椅子上一根接一根地吸烟。

鲍平建把自己埋进烟雾里，任由大脑在往事中游离，他开始重新审视自己，用严厉的眼光审视自己做过的一切。他看到了一个张扬粗暴的男孩，他看到了一个骄横跋扈自以为是的大哥，那个大哥还在为保护了兄弟而骄傲，其实他正制造着悲剧。是他制造了阴郁、猥琐的曹伟利，让曹伟利心中住进嫉恨阴狠的恶魔。他是杀死曹伟利的刽子手。

鲍平建对自己的剖析是苛刻的，他像一个法官在审判自己。

8018 房间的灯亮了一宿，鲍平建对自己梳理、审视、审判了一宿。太阳升起时，鲍平建从烟雾中站起来。他把桌子上的信折好，放进信封，锁到柜子里。

鲍平建决定除了叶溪不再让任何人看到这封信，特别是韦晓嫚和畅畅，他想曹伟利也一定是这么想的。曹伟利那么想让别人看得起，那么想得到别人的尊重，他一定更在乎自己在妻女心中的形象。那就让信中所讲的事情隐秘吧，让曹伟利的妻女永远以为曹伟利是一个好人。特别是畅畅，她正处在性格和世界观形成的重要阶段，绝不能让她心里留下阴郁和仇恨的阴影，她应该在关爱和阳光下长大。至于自己，应该时常拿出这封信看看，警示自己尊重别人，尊重每一个灵魂。

鲍平建锁上柜门，拿起电话找总办主任，让总办主任联系二平，商量去曹伟利家慰问，出人出钱协助曹家料理曹伟利后事的一切事宜。

曹伟利的葬礼是三天后举行的。葬礼办得很像样，去了不少人。曹父流着眼泪说：“死了比活着风光，儿啊，你这一辈子还从没这么风光过！”

葬礼、买墓地、下葬，都是二平带着人操办的，钱也是从二平手里花出去的。那天叶溪向鲍平建提议，钱还是以二平的名义出吧，这样地下的曹伟利会高兴的。鲍平建立马领会了，叶溪总是能从别人的角度考虑问题。他本来就不想张扬，他做这些是在向曹伟利忏悔和赔罪，是一种自我救赎。如果因为这些引起别人的感激和赞扬那是对死者的亵渎。

其实站立在曹伟利墓碑前的人们都和鲍平建一样，都在心里默默忏悔。对于曹伟利的死不管是有意还是无意他们都做了推手，他们或多或少或处于爱或处于恨对墓碑下那个死去的人都推了一把。他们的忏悔不是为了解脱自己，而是为了让那个平庸卑微的灵魂安息。

下山的时候鲍平建瞥见一个黑衣女人从路的另一边走过，心里“突”的一下：“那个女人怎么那么像姚燕彦？”他再回头看时，那个女人已经走远，身后留下一个细长孤单的黑影。

鲍平建没有看错，那个带着墨镜，穿了一身黑色衣裙的女人就是姚燕彦，她正往山上曹伟利的墓地走。她看到了鲍平建、叶溪，还有杨展。那一刻她心里涌动出一种情绪，但她没有停下脚步。她继续往前走，那种情绪便被另一种情绪压下去了。

那另一种情绪是懊悔，巨大的懊悔把姚燕彦的脚步变得沉重，她一步步走到曹伟利墓前，把手中那束白菊花放到墓碑上，双手合十，默默祈祷。

四

从墓地回到家，韦晓嫚才想起来，她忘了和二平说声谢谢。

这几天韦晓嫚一直沉浸在悲哀和恍惚中，她不知道也不会处理曹伟利的后事。只能坐在屋里任由别人的安排，别人让她干吗她就干吗。

曹父，曹母老了；曹伟利的哥姐一直在外地工作，在本区没有什么社会资源，和曹伟利的同学、同事、朋友都不熟悉。所以，跑医院，联系火葬场，买墓地，迎来送往，一切的一切全由二平操办。

曹家人信二平，鲍家和曹家以前是邻居，孩子们从小一块玩，曹伟利和二平合得来。现在二平出来帮忙曹家人感激不尽。

韦晓嫚更信二平。二平是 4S 店老板，在他们面前没有一点架子，有时候还找曹伟利喝喝酒。昨天晚上二平还给了她一个存折，说里面有 10 万块钱，是供畅畅上学用的。二平还说过几天让她去 4S 店上班，在 4S 店厨房帮忙，活不累，工资比她在超市当理货员高好多。

韦晓嫚现在很后悔，后悔她当时感动得只是哭都没说声谢谢。

其实韦晓嫚的感激，二平看出来了。韦晓嫚那么厚道的一个人感激谁是发自心底的，一点都不会虚假。他从韦晓嫚的眼神，从韦晓嫚的哭声，从韦晓嫚的不知所措看出来韦晓嫚把他当作了他们家的恩人，以为他做的一切是重情义。这让二平很不舒服，让他有一种想说出事情真相的冲动。

二平差一点就说出来了，差一点就告诉韦晓嫚这些都是哥哥安排的，钱是哥哥出的，他只不过是执行而已。但他一直没说，哥哥不让说，他就不能说，这是从小养成的习惯。至于哥哥为什么不让说，他很困惑，但他也始终不问，哥哥不仅是哥哥，还是董事长，哥哥办事有哥哥的策略，他不能问。

第十四章

一

前面讲过姚燕彦在准备提着拉杆箱走出莱茵国际那间小屋的时候给鲍平建发过一条微信，当时鲍平建正在 8018 办公室跟杨展谈到关键的地方，没注意那条微信，后来他看到了那个微信给姚燕彦打电话，姚燕彦关机，又打过几次，还是关机，便不再打了。一是接下来出了一些让他震惊的事，他忙不过来；二是姚燕彦在微信中说去旅游，不让找她，说当她躁动的心安静下来时她会回来的。

上午鲍平建在山路上低头行走时见到了姚燕彦，但只是无意中的匆忙一瞥，当他意识到那个戴墨镜穿黑色衣裙的女人可能是姚燕彦，再回头看时，姚燕彦已经走远。鲍平建随即怀疑自己看错了，因为他那时的心境很糟，很容易产生错觉。

现在，鲍平建回到溪澜宾馆，走进8018办公室，看了办公桌一眼，便明白了，山上的看见不是错觉，那个女人就是姚燕彦。桌子上放着的小盒，小盒旁的那串钥匙都在无声地告诉他姚燕彦来过。

鲍平建把眼光从桌子上收回四下看看，四下没人也没有什么改动。“什么意思？又不打招呼地走了！”鲍平建疾走几步奔到老板台前，看到小盒和钥匙底下压着一封信。他拿起信阅读：

“平建：我来过，又走了。我在山路上看到了你，那一刻我有些控制不住地想停下脚步，可停下又有什么用呢，徒增痛苦罢了。

“是的我痛苦，因为我爱你。我知道你不信，叶溪不信，杨展不信，我的闺密左茜不信，甚至有时候我自己都不信。但我真的爱你，不是因为你的财富、你硬朗沉稳又酷又帅的外表，而是你的灵魂。

“当然，刚开始我是被你的钱财和你的外表所吸引，我喜欢俊朗帅气的男人，总是被他们的外表所迷惑，我的初恋男友顾磊、情人杨展都是那类男人。然而他们都让我失望了，他们让我看到了财富对男人的重要。特别是顾磊的背叛，他的背叛把一个把爱情看得比什么都重要的小女孩，变成了现在的我。我不再相信贫贱的出身会有好男人，一个男人穷到天天掰着手指头算计买什么衣服，吃什么菜省钱时，怎么能挺直腰板昂着头做人？而钱财可以。钱财可以让男人骄傲，可以滋养一颗高贵淡雅的灵魂！可当我接触过几个有钱的男人后，变得更迷茫了。一个个都像个暴发户，像用铜钱堆砌的土财主——粗糙狂傲。直到我遇见了你，你喝醉向我倾诉，和我有了肌肤之亲的那个夜晚；你把我带到那个有着日式门窗的房子里，坐在窗前听着蛙鸣倾心相谈的那个傍晚。我才真的知道有钱又有素养的男人是什么样子。那素养来自一颗饱受煎熬而又坚毅果敢的灵魂。那一刻我是那么地心疼和迷恋你，我真的爱上了你。为了这份爱，我不在乎别人的眼神；不在乎杨展骂我拜金女；不在乎耍手腕设圈套，哄骗杨展，胁迫曹伟利，诬陷叶溪。我还理直气壮地对自己说为了爱情犯的错，上帝都会原谅的！

“平建，我之所以跟你说这些，不是乞求你的原谅，我只是想让你了解我，别把我看得那么坏。真奇怪，直到现在我还在乎你怎么看我。

“我想明白了，即使不发生以后那些事，我们能够走到一起也绝不会走到最后，因为你心里一直藏着个叶溪。和你相遇只是我人生旅途中的一段风景，既然早晚要走出这段风景，多待一会儿少待一会儿，又有多大区别呢？

“我走了，不会再回来。我会在一个地方住下，写点东西，写我们的这次遇见。写完了还会走，可能还会一次次遇见，在遇见中成长。但绝不会和这次一样。别了，不必再见。

鲍平建看着最后的几个字半天才缓过神来：“这么干脆，这么决绝，这原本就是那个在他身边工作了两年多的姚燕彦？还是成长了的姚燕彦哪？成长，谁又不是在成长哪？博儿，叶溪，自己，还有就要走到人生尽头的父亲。”

鲍平建想起了叶溪日记里的一段话：“太阳落下去，还会升起来，明天和今天会不一样。世间万物都在变化，就像现在，下一刻绝不会重复这一刻。所以我们随时都在成长，因为一件事、一句话、一个眼神或是一个微笑。人多大都在成长，直到你离开世界的那一刻。”

此刻的鲍平建觉得他特别理解这段话，特别理解叶溪，理解姚燕彦，理解他周围的人们。

鲍平建读姚燕彦信时，左茜也在看姚燕彦给她的信。信是左茜不在办公室时从门下的缝隙里塞进来的。信中写到：

“左茜，真想你，想跟你聊天，可我还没准备好，还没有足够的勇气当面告诉你我做过的一切。所以我走了，我这次回来，主要是向我伤害过的一个魂灵忏悔，其次是跟鲍平建了断。

“我很幸运，到拉萨的第二天，在街上转悠的时候就碰上了一个要出租的小店。小店不大，设计得很有情调，沿街是书屋，里面是卧室。我当即就把它租了下来。白天倚在窗前捧一本书发呆，或边喝茶边看街景，有人进来搭讪两句，谈得来多说几句，谈不来继续低头看书，挣几个闲散银子，度一片安静时光；晚上灯明寂静，坐在电脑前敲打，码我喜欢的文字，这一直是我梦想的生活。

“现在我发现我是那么喜欢写作，写作能使我的灵魂有了寄放的地方，写作使我的躯体能够坦然安静地在世间行走。我已经开始写我说的那本书了，写了两万多字。我打算明年春天把书写完，然后找家出版社出版。出版后我会第一时间把书寄给你。

“上次给你发完微信，我就关闭了手机，到拉萨后我又买了一个新号，过去的号就废了。这个新号除了我爸妈，我没告诉任何人——也包括你。别误会，这全是为了写这本书。我是想把自己跟以前的生活隔断，只有这样我才能跳出来以一个旁观者的角度去观看过去那段生活里的姚燕彦。我想你一定能理解我。

“别怪我啊，用不了多久，一个新的姚燕彦就会诞生。好了，不啰唆了，想你！”

“想我！”左茜把信扔到桌上，气得直捶桌子，“该死的，想我？这么对我！”但左茜没办法，姚燕彦是她闺密，姚燕彦就这德性！“唉，等吧，等一个新的姚燕彦诞生！”左茜“扑哧”笑了。

二

星期天晚上鲍平建和蒋博打完球送蒋博回家，路上提起了叶溪不愿意到溪澜宾馆工作的事。蒋博说：“我妈总想找个在幼儿园当老师的工作，最近去了两家幼儿园应聘，人家嫌她岁数大，没聘上。”

鲍平建说：“嗯，原来是这么回事，那好，明天我托朋友想想办法。”

蒋博说：“这行，但你得做得巧妙，别让我妈觉得是人家看你的面子才用她的。”

鲍平建说：“我懂，保护叶老师的自尊心嘛，我做得到。”

第二天鲍平建约彭大仙到怡雅阁喝茶，席间他和彭大仙谈了请他帮忙给叶溪找工作的事，彭大仙一口答应。彭大仙知道鲍平建和叶溪的故事，知道鲍平建身边最近发生的一些事。前两天鲍平建还介绍了叶溪和他们夫妇见过面，四个人吃了一顿饭。彭大仙夫妇对叶溪印象极好。

彭大仙说：“这没问题，我老婆认识一个幼儿园园长，明天给他们捐点款，什么都解决了。”

鲍平建说：“事是要这么运作，但不能让叶溪知道。叶溪是想凭自己的能力应聘上幼儿园老师，我不想让她失望。”

彭大仙说：“你放心，这我会做，绝不会让叶溪姐看出来。”

“好，那就拜托你了。”鲍平建举举茶杯说，“来，喝茶。”

鲍平建和彭大仙喝着聊着，聊了近一个小时，彭大仙说：“哥，今晚咱就散了吧，我回家赶紧落实叶溪姐的事。”

鲍平建笑：“你啊，不用这么着急，不差这么一会儿。”

彭大仙知道鲍平建嘴上说不用着急，心里还是愿意事情赶快办好，便说：“嗨，你还不知道我嘛，什么事都着急，哥的事就更急了。”

叶溪洗完澡，躺在床上看书，看了一会儿困了，正准备合上书睡觉，手机响了。叶溪把书放到床头柜上，拿起手机接电话。

电话是彭大仙夫人闻燕萍打的，闻燕萍说：“叶溪姐，我刚和几个朋友聚完回到家，聚会时一个朋友说她们幼儿园想聘一个有经验的老师，我觉得你挺合适，就替你答应下来了，她们明天想请你过去面试。”

叶溪说：“好，谢谢你！嗯，你怎么知道我想找幼儿园的工作？”

闻燕萍说：“我家老彭说的，上次咱们见面后我家老彭就夸你，我家老彭说，你看人家叶溪姐到底是做过老师的，气质和性格都那么好。叶溪姐现在……”

闻燕萍成天和各种人打交道，能言善辩，几句话就把叶溪糊弄了。

第二天上午，叶溪按照闻燕萍发给她的地址去面试。幼儿园规模不大，环境很好，对叶溪的面试也很正规。两天后叶溪接到通知，说她面试合格，下星期一要她去上班。

叶溪把这个喜讯分别告诉了蒋博和鲍平建，蒋博和鲍平建又是祝贺又是请吃饭，让叶溪很有成就感。爷儿俩看着叶溪被他们糊弄得像个孩子似的高兴，相互递个眼神，偷着乐。通过这件事鲍平建和蒋博的关系迅速升级，特别是鲍平建趁着热劲找各种理由约蒋博见面，打球，庆生，看足球赛。蒋博只要没课都不拒绝，父子俩很聊得来，聊天时鲍平建常给蒋博讲自己小时候的事，讲他和弟弟的趣事，讲那个遥远的游牧家族如何走出草原，走到北京，又散落到世界各地。

一天晚上鲍平建和蒋博打完球，闲聊时跟蒋博讲起了鲍父的病，讲了鲍父想见孙子的心愿，蒋博听后答应周六和鲍平建去看爷爷。

鲍父听说孙子周六要来看他，高兴得不知道怎么好，他跟鲍平建说：“你不是总让我去你那个别墅住吗？那好，周六我就去。那地方大，我要在那儿招待孙子！你安排，把上次做饭的师傅也找来，还让他做饭。”

鲍平建说："行，这次我来安排。"

鲍父听后哈哈大笑："你小子，听你那意思好像还有点勉强似的。你儿子，你不安排谁安排！"

鲍平建嘿嘿地笑着凑近鲍父："爸，你干脆就住枫栌香郡得了，那边的房子宽敞，二平一家也搬过去，博儿周末也过去看您，一家人凑在一块多热闹！"

鲍父说："还有叶溪，我们搬过去，你也经常叫着点叶溪过去玩。你啊，还不抓紧，小心叶溪跑了！"

鲍平建说："好，只要您搬过去，我保证，一到周末，我就把叶溪和博儿请去。"

周六是个好天，枫栌香郡东北角鲍平建的那幢小楼里第一次这么热闹。鲍平建不仅按鲍父的嘱咐找了溪澜宾馆中餐厅赵大厨的徒弟小周做饭，还安排了餐厅的几个年轻女孩过来帮助接待、端茶倒水，端菜、布菜等工作。

杨展也带着老婆韩娟、儿子杨聪聪来了。自从那晚鲍平建推心置腹地和杨展聊完以后，杨展就把鲍平建当成了大哥；叶溪对他那么好，他也从心里把叶溪当成了亲姐姐。那天叶溪给他打电话请他周六带着韩娟和杨聪聪来枫栌别墅做客时，韩娟就坐在他身边。韩娟说："去，必须去，这又是哥，又是亲姐的，家里有喜事自然要去祝贺。"

杨展现在很享受这种阳光下的友情，韩娟和聪聪都喜欢叶溪一家，特别是韩娟蒸了包子或捏了饺子总想着给叶溪送点去。

叶溪爱吃馅，但她不会蒸包子，捏饺子也是凑合，每次看到杨展送的吃食都迫不及待地拿起一个尝尝，然后说："杨展，你有这么一个老婆知足吧，现在这个社会上哪儿找这么贤惠的媳妇去。"杨展听了就笑，笑完把叶溪的话和叶溪送给韩娟和聪聪的礼物一块带回家。

杨展和叶溪打过招呼问："鲍总哪？"

叶溪说："在楼上陪老爷子下棋。"

杨展说："我上去看看。"

"去吧，"叶溪对韩娟笑笑，摸着聪聪的头说，"她们娘儿俩我照顾，你也去陪老爷子下两盘。"说完招呼一个女孩领杨展去二楼，自己领着韩娟和聪聪往大厅西面的一间屋走。屋里蒋博和希希还有三个同学正坐在沙发上聊天，看叶溪三人走进屋，忙站起身打招呼。大家客套完，叶溪对聪聪说："你跟博儿哥哥在这玩，我和你妈去那边看看。"不等聪聪回话，蒋博说："放心吧，聪聪交给我了。"

叶溪安排好聪聪和韩娟说笑着走出房间去大客厅见二平媳妇。二平媳妇第一次见韩娟，觉得很投缘，就热热乎乎地聊开了。叶溪陪她俩聊了一会儿说："你们聊，我去餐厅看看。"

二平媳妇哈哈地摆手："去吧，去吧！"

叶溪还没走到餐厅，老刘追了过来，老刘说："叶老师，彭院长带着夫人来了。"

叶溪脸上涌上笑容，说："好，我去看看，您上楼去通知鲍总一下。"

"欢迎，欢迎，"叶溪笑着走向彭大仙夫妇，和彭大仙握过手，拉着闻燕萍的手说，"欢迎，谢谢你帮我介绍了那家幼儿园。"

闻燕萍说："还是你优秀，她们对你很满意，听说你都上班了？"

叶溪说："嗯，上了快三个星期了。"叶溪松开拉闻燕萍的手，挽起她的胳膊，冲彭大仙笑笑，说："走，去书房慢慢聊。"

叶溪陪着彭大仙夫妇走进书房，安排女服务员给她们斟茶，聊了两句便去找蒋博。

鲍平建从楼上下来走过大厅走进书房时，彭大仙夫妇正欣赏他的藏书，见他进来转身祝贺，彭大仙一拱手说："大哥，给您贺喜了！"闻燕萍附和道："是啊，真是天大的喜事。"

鲍平建说："谢谢，谢谢！"然后四下看看，问："嗯，你们还没看到我儿子？"

郭大仙笑着说："还没，叶溪请去了。"

"长得像我，"鲍平建眼睛都在笑，手在头顶上比划，"比我还高这么多。"

三人正聊着，叶溪领蒋博走进来，蒋博在叶溪的介绍下向郭大仙夫妇分别问过好，又陪大人们聊了几句，就告辞出去了。蒋博走后，彭大仙一通儿夸赞，然后像突然想起了什么看向鲍平建问："大哥，儿子的姓还没改过来?

鲍平建说："没，不想改了。"

彭大仙好奇地问："为什么？"

鲍平建说："我弟弟前几天向我父亲提过这事，我父亲说，听博儿的。我昨天探了探博儿，博儿不愿改。刚才我把博儿的意思告诉了我父亲，我父亲很动情，他说那就不改！博儿这孩子仁义，重感情像咱们鲍家人。"

彭大仙点头："老爷子真明白，其实姓名只是个记号。"

鲍平建说："其实我父亲是很看重姓氏的，他们那代人把姓氏看得很神圣，就是基于这个原因他才支持博儿继续姓蒋。我想他们坚持姓蒋就是想报答蒋毅，蒋毅为了博儿没生自己的孩子，博儿就是蒋毅的儿子，永远是！"

鲍平建说得很动情，说得每个人眼睛都湿了。二平推门走进来，觉得气氛不对，有些莫名其妙但没问，只是对鲍平键说："餐厅那边准备好了，请大家过去用餐。"

"好！"鲍平建对二平点点头，又笑着对彭大仙夫妇说，"走，咱们去餐厅，边吃边聊。”说着起身领着大家往餐厅走。

餐厅很气派，大玻璃窗外是一片灌木，虽然已是深秋，树叶还没落尽，大片的红黄间还残留着一些绿色，阳光从窗外照进来洒在垂吊着的水晶灯上，洒在白色的欧式家具上，洒在骨瓷碗盘、水晶酒具、不锈钢刀叉上。流动出五光六色的光彩。

流光溢彩中一张张笑脸说着喜庆的话，那些话让叶溪哭了，让鲍平建醉了，让鲍父的病痛消失了。

三

星期日的天气和昨天一样好，一早鲍平建和叶溪带着蒋博去了西山陵园。

事情像在很多年以前就安排好了似的，鲍平建母亲和叶溪父亲的墓都在西山陵园，一个在南山坡向北的一片墓地里，一个在东山坡向西的一片墓地里，中间隔着一条山路。

鲍平建和叶溪带着蒋博祭拜完奶奶，又去祭拜姥爷。

叶溪刚回京时独自来墓地看过父亲，那时天闷草深树木葱绿，只过了三个月这次再来已经是天凉草枯树木萧瑟了。

叶溪拔着墓旁的荒草想，世间的事不也是这样吗，才三个月，她身边发生了那么多事，一切都是那么难以预料。她想着抬头看鲍平建，鲍平建也正看她，她突然感到鲍平建变了，那种独特的坚硬与冰凉已经褪去，取而代之的是看透一切的淡然和温和。但眼眸还是那么深邃，好像藏着无尽的爱。

一场风刮过，冬天便来了。枫栌香郡中的鲍家别墅在冬日里也是温暖的。阳光和笑声伴着别墅里的人们走过冬日走进新年。

新年的头几天鲍父就给蒋博打电话让他元旦那天和妈妈到枫栌香郡这边来，过来吃饺子。蒋博说："爷爷，您放心吧，我知道您的意思，我一定把我妈拽过去。"

鲍父说："那好，你们上午就过来，你爸那天也在。"

其实鲍父和蒋博都是瞎操心，鲍平建和叶溪早商量好了，元旦在枫栌香郡过。鲍平建说："元旦早上我去接你们。"

叶溪说："不用，我开车带博儿过去，我正好练练手。"

鲍平建说："那好，注意安全。"

鲍平建一个月前给叶溪买了一辆白色别克。他知道叶溪肯定不会要，就先斩后奏。

那天是个周六，叶溪正在厨房做晚饭，窗台上的手机响了，叶溪擦擦手忙接电话。电话是鲍平建打的，鲍平建说："送你辆车。"

叶溪说："我不要。"

鲍平建说："车已经买了，就停在楼下。"

叶溪忙扒窗观看，鲍平建正站在一辆白色的别克车旁，手机举在耳朵边，仰着头往上看。鲍平建说："下来看看吧，不喜欢白色，我们换红的，但是不能退。"

叶溪说："喜欢，喜欢！"

俗话说"一九二九不出手，三九四九冰上走"，元旦这天正在二九里头。天晴，风不大，但很冷。叶溪和蒋博都穿了羽绒服，叶溪还戴了围巾帽子。母子俩九点多钟就往枫栌香郡去，路上堵车，叶溪的车技又不太好，十点多钟才到别墅。

鲍父正和鲍平建坐在客厅里下棋，一看叶溪母子进来，把手中的棋子往棋盘上一撂，说："不玩了，孙子来了！"

鲍平建也放下手中的棋子，笑着说："找辙！我一直输，刚要反转，您就不玩了。"

蒋博说："爸，别泄气，我一会儿陪你下两盘。"

鲍平建朝叶溪挤挤眼："一会儿我还得输，老子，儿子，我谁都惹不起！"

叶溪陪鲍父聊了几句，对大家说："你们聊，我到厨房看看缺不缺人手。"

鲍父说："好，去吧，他们包饺子呢。"

叶溪走后，鲍父问蒋博："我听你爸说，你过年不陪爷爷过了？"

蒋博拉住鲍父的手说："嗯，我去浙江看我大伯父、大伯母，就去几天，过完年就回来。"

鲍父说："去吧，应该去，你爸和你妈也应该去。"鲍父说完转向鲍平建："平建，你这次去，最好把博儿的大伯父大伯母也接来，接来让他们住我那套房子，那套房子空着也是空着。"

鲍平建说："好，先让他们住那儿，我和叶溪正在为他们买房，看了几处，选好了就买。"

鲍平建、叶溪、蒋博三人是腊月二十八下午到蒋毅哥嫂家的。当时正下小雪，雪粒像白砂糖一样细小绵软，落到树木、房屋上，铺了薄薄的一层。

雪中，坐落在群山中的这个小村庄是素然静寂的，但屋内却温暖而热闹。屋内开了热风机，桌子上摆了各种小吃，煮肉的香味从灶间飘出来。在广州打工的儿子蒋鑫、女儿蒋丽都回来了，北京又来了客人，蒋毅哥嫂高兴得合不拢嘴。

雪下到半夜才停，第二天早上太阳出来了，那一层薄薄的白雪很快变成了水，从房檐从树上滴落下来，炊烟袅袅升起，像水洗过似的小山村瞬间动了起来。

吃过早饭鲍平建跟着叶溪、蒋博来到蒋家的坟地。蒋家坟地在一个向阳的坡地上，周围种满了树木。蒋毅的坟紧挨着他父母的坟，前面立一块墓碑。

由于地域不同，过年上坟的风俗也不一样。北方人一般在大年三十前一两天上坟；蒋毅老家的风俗是初三上坟，所以现在蒋家的坟地长满了荒草。

叶溪妈是印尼华侨又是老师从没跟叶溪讲过上坟方面的事，所以叶溪不懂上坟的规矩。临来时叶溪特意问过同事，昨晚又问了蒋毅嫂子，心里还有了点谱儿。

叶溪三人把蒋毅坟旁的荒草拔干净，用铁锨给坟培了土，蒋博把一大束白菊花摆在墓碑前，叶溪从塑料袋中取出四个小盘，蒋博帮助爸妈把供品拿出来摆在小盘里，供品都是蒋毅爱吃的，四个山竹，四个猕猴桃，四块莲蓉蛋黄酥和一盘芹菜猪肉馅饺子，饺子是叶溪昨天晚上包的。摆完供品叶溪又拿出香炉，点着三根香插在香炉里。蒋博在坟前跪下给蒋毅磕了三个头。香烟缭绕，三个人站在坟前肃立谁也没说话，但谁都在心里默默地向蒋毅倾诉。香燃尽，三个人开始烧纸钱。烧完纸钱，鲍平建坐在坟前拿出酒瓶和两只酒杯，他把两只酒杯倒满开始喝酒。叶溪看了看鲍平建，捅捅蒋博说：“我记得你跟我说过山右边有一条小河，你带我去看看。”

蒋博知道叶溪是想给鲍平建单独和蒋毅说话的机会，便说：“好，我带你去。”

一个多月前鲍平建跟叶溪提出过年和他们母子一块去蒋毅老家时，叶溪就从鲍平建的眼神中看出鲍平建很想去蒋毅坟上看看，去和蒋毅道声谢，去和蒋毅说说心里话。

两个兄弟，17 年没见，分手时是那么一个夜晚那样一种情景，产生了那么深的误会。一个盼着有朝一日要报仇雪恨，一个盼着再见面时要解释清楚，可再见时已经阴阳两隔。仇人原来是恩人并已长眠于地下，死了的人死了，活着的人是一种什么心境啊！叶溪想着就难受。

叶溪理解鲍平建，何况她也是如此哪！自从她把蒋毅的骨灰埋在这里时就盼着早点回来，回来向蒋毅汇报查找真相的结果，汇报把博儿交给鲍平建的经过，好让蒋毅在地下能够安息。听到曹伟利自杀的消息时叶溪特别失落，她为没了机会当面质问曹伟利，替蒋毅抽曹伟利两个嘴巴子而沮丧。可当她看到曹伟利留给鲍平建的那封信就释然了，她想，要是蒋毅活着，蒋毅也会饶恕曹伟利的——蒋毅是那么善良。

叶溪跟着蒋博来到河边，望着流淌的河水想起了鲍平建的那句话：“查找真相不是目的，查找真相的过程让我们看清了过去的自己，让我们知道了以后应该怎样活着，让我们有时间去弥补犯下的亏欠。”

一个小时以后叶溪和蒋博往回走，走上山坡看到鲍平建正向他们走来，阳光下鲍平建的身影是那么清晰。

尾声

平建、叶溪、蒋博三人初二回的北京，他没有劝动蒋毅哥嫂去北京生活。蒋毅哥哥说：“我们俩老了，在小山村生活惯了，不愿意离开，要不你们把蒋鑫和蒋丽带到北京去，他们在广州我总是不放心。”

蒋鑫和蒋丽听说爸妈同意他们到北京发展很高兴。鲍平建和叶溪考虑到兄妹俩刚从广州回家，应该多让他们陪陪爸妈，就和他俩商量好过了正月十五去北京。兄妹俩来北京后，鲍平建把蒋鑫安排在杨展手下学习空调设备维修，把蒋丽安排在前厅部当文秘。

2014 年初夏的一个下午左茜接到一个快递，打开一看是姚燕彦写的长篇小说，书名为：《遇见》。左茜立刻打开书阅读，她在书里看到了姚燕彦，看到了一个她熟悉而又不知道的姚燕彦以及姚燕彦的痛苦、孤独、挣扎、疯狂。左茜也从书中看到了鲍平建，知道了姚燕彦想告诉她的那段她和鲍平建的故事。左茜还从书中看到了自己、顾磊、杨展、溪澜宾馆的众生相。左茜看了一个通宵，天快亮时才把书看完，左茜合上书走到窗前，望着静谧的夜空念道：“该死的，什么时候回来看我！”

2015年夏天蒋博考上了外地的一所名牌大学，临走时，蒋博对鲍平建说："老爸，我不当灯泡了，你可要抓紧啊！"鲍平建忽然明白了儿子为什么偏要报考外地的大学了。"好！"鲍平建重重地拍了儿子一下。

蒋博走后鲍平建开始张罗蒋鑫的婚事，蒋鑫在杨展的培养下已经做了空调主管，找了一个在客房部工作的唐山女孩做媳妇，准备十一结婚；蒋丽通过自己的努力做了前台领班，交了一个北京籍的男朋友。蒋毅哥嫂准备十一来京参加儿子的婚礼，顺便见见未来的女婿。

蒋鑫的婚礼很隆重，席间鲍父劝蒋毅哥嫂："别走了，在北京住下吧，明年蒋鑫他们有了孩子，你们就该带孙子了！"蒋毅哥嫂还真听了鲍父的劝，在北京住了下来，没事时就到枫栌香郡鲍平建的别墅和鲍父聊聊天。

2016年7月中旬的一个阳光明媚的上午，韦晓嫚带着畅畅来到曹伟利墓前。畅畅把一大束白菊花放到墓碑前的黑色大理石上，又拿出录取通知书站在墓前念，她考上了一所5年制的本硕连读。韦晓嫚穿了一身黑色衣裤低头站在墓前叨唠："……女儿像你，女儿心大着呢，她说5年后还要考到国外去上学。"话落一只鸟儿从树上飞起，喳喳叫着飞向天空，韦晓嫚抬头望着远飞的鸟儿，流着眼泪说："伟利，我知道你听到了。"

那年枫叶红了的时候，叶溪和鲍平建终于走到了一起，他们没有举行婚礼。第二年春末叶溪生了一个儿子，取名鲍天成，名字是鲍父起的。

又是一年秋风乍起，树叶变成金黄，西山披上了锦缎般的色彩。那天傍晚太阳浮在山顶，绚丽的光焰把天边染红，枫栌香郡东北角的那座小楼沉浸在一片橘红色光耀中，鲍父和几个老人坐在庭院的藤椅上喝茶，天成和三个小孩在旁边玩耍，天成刚学会走路，一个小姐姐要抱他，他啊啊地叫着不让小姐姐抱，穿着背带裤的小哥哥跑过来拉小姐姐。

鲍父手托着下巴看着孩子们笑了，眼前浮现出鲍平建小时的情景——他和哥儿几个坐在树荫下聊天，鲍平建和一群小孩在旁边玩耍，那个姗姗学步的小男孩是二平，穿背带裤的是平建，菊子，臭蛋，曹伟利，不远处还有曹伟利父母，叶溪，叶溪的爸妈……好多好多他认识和不认识的人，笑着，闹着，争吵着向他走来。

鲍父感到很累，一歪头，趴在桌子上睡了，睡得很沉，很沉。

一切皆有缘由(代后记)

不久前，我在朋友圈看到别人转发一种算性格的游戏，觉得好玩便试了一下，算的结果大概是精神洁癖，对一切事情要求完美，等等。我本是不相信这些的，但感觉这句话还靠谱儿，便记住了。“精神洁癖”说白了就是太真太直不喜欢虚假不圆滑，这种性情怎好在人群中行走呢？所以就要远离，就要躲着人群走。那问题又来了，又要被别人说成孤高自傲，不会做人了。

我的性格像父亲。我父亲老实本分，不爱讲话，喜欢独处，晚年更是如此。父亲退休后生活很有规律，遛弯，看书，写东西，从未见他站在街上和别人聊过天。

父亲 79 岁那年夏末被查出肝癌，两个月以后父亲便走了。父亲走后我很后悔没能早些发现他的病，跟别人聊起时，别人说肝癌很疼的。可我记忆里父亲从未喊过疼。父亲不爱去医院，是我们发现他瘦得厉害不爱吃饭时强带着他去医院检查的，到了医院便检查出肝癌，且到了晚期，已经不能做手术了。父亲在查出肝癌的前几天还坚持每天看报纸，写作，我想大概是他的爱好让他忘了病痛吧。

人类真的很神秘，不管你是否愿意，在你还浸泡在羊水中，还未与这个世界见面，那个叫作基因的东西便复制到了你的细胞里。父亲走后不久，我就开始了写作，一发不可收拾，这大概就是人们所说的遗传吧！

父亲走后，我们不放心母亲独自生活，争着接她去住。母亲不同意，母亲说："老话说宁看儿子的屁股，不看女婿的脸。我，儿子家都不去，女儿家就更不去了。"于是我和退了休的大妹轮流去母亲家陪住。

母亲性格温和且极善良极聪明。母亲 88 岁去世，走时没受一点罪。母亲走的头一天还拿着小板凳坐在楼外和邻居们聊天，母亲走的前几分钟还和二女儿、大外孙说话。正应了母亲晚年常说的那句话："我要是有福气就会像你奶奶那样，一口气没喘上来就走了。"母亲离世后，我们整理她的遗物时，柜中衣物按季节收纳规整；票据、钱财、遗产处置清楚。

母亲思辨力强，说话有哲理，爱讲故事。小时候我家住平房，床紧靠着窗户，每逢下雨或下雪天我们几个孩子就挤在床上玩耍。窗外雪花飘飞，屋内炉子上的水壶冒着热气，我们或躺或坐地围在母亲身边，听她讲故事的情景浓缩成一幅最美的油画留在我最初的记忆里，随着时间的推移画中的情景越发清晰，画中那个争抢着要躺到母亲腿上的女孩是我。

母亲故事里的背景大多是她的故乡，那些我没见过又和我有着某种关系的人物在一个叫作李塔坨（母亲出生的地方）和一个叫作王辇庄（父亲出生的地方）的村落里频繁登场。

随着母亲的讲述上世纪三十年代至五十年代初河北农村的景象便深深地扎在了我的记忆里，使我对我从未生活过的农村有了一种似乎很熟悉而又很虚幻的美好感觉，并一往情深地爱上了那种乡土味。我作品中为数不多的乡村景色都是从那记忆深处随手扽出的画片。

我和母亲交流最多的时候是父亲去世后的那几年。那时我几乎是每隔一天去她那住一宿。我总是吃过中饭去，下午两点多钟到她那儿。母亲住一楼，窗外种着几棵紫丁香。我去时先望向那丛繁茂的丁香树。树后，窗里便印出母亲那张盼望的脸。我的心便突地热起来，脚步欢快地走进屋。进屋后我或是陪她趴在窗前看街景，或是拉过一只她递给我的枕头躺在她身边和她聊天。

那些年母亲讲得最多的是她记忆里李塔坨村那座大院落里发生的故事。随着她的讲述我那种即使生长在京城却总有一种疏离空荡的恐惧消退了。我找到了自己的根，我知道我不管离它多远我都是那棵古老大树上的一片叶子。那以后我就时常涌出想去追溯和记述那棵大树的冲动——至今我还没有底气去碰触它。

有时母亲也会指着窗外街上走过的某个熟人向我讲述他的故事。

一个日光西斜的下午，母亲指着一个从窗前走过的男人问我："你认识他吗？"我说："不认识。"母亲说："他就是小二的同学某某某啊！刚从监狱里出来，工作丢了，老婆带着孩子跑了，唉，为了给老婆娘家盖房，拉了一车废钢材，判了十年！唉……"小二是我大妹，某某某上学的时候我见过，阳光，帅气，一个高高大大的男孩，怎么想也不能和眼前这个满头白发，黄脸驼背的男人联系起来。

"唉，人这一辈子！可要……"那次聊天在母亲的叹惜声中结束了。我当时虽然很感慨但很快就把那件事忘记了。我没有想到不久后那件事又像母亲和我讲的许多事情一样成为我小说的素材。

母亲 2017 年春天去世。母亲去世后我有很长时间沉浸在悲痛中，不仅是夜里时常梦见她，白天也总是恍惚她还活着，她就在我身边，开口喊她才意识到她已经走了。那种恍惚一直伴随着我走入冬季。

深冬的一个下午，阳光很好，我蜷缩在躺椅上，望着落地窗外露台上石榴树的秃枝在寒风中摇曳，心中充满悲凉。可能是悲凉时最容易想起悲凉的事吧，我和母亲那次趴在窗前看到某某某的情景突然又闯进了我的脑海，随后我在感叹人生的脚步偶尔走错一步便改变了整个命运的残酷时，编排起那个故事的几种可能和发展脉络来。

当太阳漫移到远处的西山顶上，光耀变成橘红色时，一部长篇小说的框架已经一帧帧在我眼前映放完。我给它起名《真相》。当天晚上我就开始了创作。《真相》完全颠覆了原型，写得很顺，四个月完稿。完稿后稍作修改便在网上连载。2019 年初进入出版阶段。

我在写作的路上走得很顺，第一次向报刊投稿就被采用了，紧跟着又给一个杂志社投了一首诗，又被采用，接着是省级、国家级刊物。还出了几本书。如果像有些朋友说的那样这些都是因为我有写作天赋的话，那这些天赋都来自我父母的遗传。

此刻，当我在键盘上敲下这些文字时，时间的脚步已经走到了 2019 年春季，微风卷携着樱花的香气从半开的窗口涌入，漫开。一同弥漫的还有《真相》已在百花洲文艺出版社审题通过的消息。

这消息来得正好，像知道了我的心思一样——在这个全中国人都在祭拜故人的节气里，我可以告慰我在天堂里的父母了。爸妈，谢谢你们给了我一颗敏感、细腻、孤傲的心！谢谢你们培育了我文学写作的素养！